人鼠之间

OF MICE AND MEN

John Steinbeck

〔美〕约翰·斯坦贝克 著

王晋华 译

人民文学出版社
PEOPLE'S LITERATURE PUBLISHING HOUSE

John Steinbeck
Of Mice and Men

图书在版编目(CIP)数据

人鼠之间/(美)约翰·斯坦贝克著;王晋华译.
--北京:人民文学出版社,2020(2023.3重印)
(约翰·斯坦贝克作品系列)
ISBN 978-7-02-016513-1

Ⅰ.①人… Ⅱ.①约… ②王… Ⅲ.①中篇小说-美国-现代 Ⅳ.①I712.45

中国版本图书馆CIP数据核字(2020)第129265号

责任编辑 **卜艳冰 邱小群**
封面设计 **钱 珺**

出版发行 **人民文学出版社**
社 址 **北京市朝内大街166号**
邮政编码 **100705**

印 制 **上海盛通时代印刷有限公司**
经 销 **全国新华书店等**

开 本 **890毫米×1240毫米 1/32**
印 张 **4.125**
字 数 **85千字**
版 次 **2020年9月北京第1版**
印 次 **2023年3月第4次印刷**

书 号 **978-7-02-016513-1**
定 价 **29.00元**

如有印装质量问题,请与本社图书销售中心调换。电话:010-65233595

目录

在索莱达往南的几英里处，萨利纳斯河开始顺着山脊的一边流淌，河水也随之变深，变绿，变暖，因为在注入这狭窄的河道（酷似一泓碧潭）之前，它流过了一片日晒充足的金色沙滩。在河岸的一侧，连绵的金黄色山丘逶迤而上，一直延伸至岩崖嶙峋的加比兰山脉，而在河谷这一侧，水边则长满了树木——每到春天这里的柳树便枝繁叶茂，绿意盎然，低枝上挂满了去年冬天洪水冲下来的断枝枯叶。悬铃木低矮的白色枝条（上面布满了斑点）探伸到了颇似一泓池水的河面上。在有林木掩翳着的河边沙地上，积着一层厚厚的干透了的枯叶，就是一只蜥蜴在上面经过，叶子也会发出嚓嚓嚓的声响。晚上，兔子会从灌木丛中钻出来，到河边纳凉，潮湿的沙滩上会留下浣熊的爪印、农场牧羊犬柔软的掌印，还有野鹿夜间来河边喝水时留下的楔形蹄痕。

在柳树和悬铃木丛中有一条小径，这条小径因为有农场的孩子前来池中游泳，有流浪汉走得乏累了，从公路上下来，在池边露宿，而被踏成了一条硬硬的道儿。在一棵高大悬铃木的下部横着长出一根枝干，在这一枝干的前面有一大堆人燃篝火烧下的灰烬；这根枝干由于多人坐过，已变得很是光滑。

这是一个炎热的夏日，已临近傍晚，林中开始吹起阵阵轻风。太阳光已经退到了山顶上。有不少野兔已来到河边的沙滩上，它们静静地卧着，宛若一个个小型的灰色石雕像。这时，从州内公路的那个方向，传来一阵悬铃木干脆的枯叶被踩踏的声音。野兔悄然、急速地跑往洞穴。一只长脚鹭吃力地拍动翅膀，笨拙地飞向河的下游。一时间，这里没有了生命的迹象。少顷，有两个人出现在小径上，他们朝着紧挨碧池的那片空地走去；起先，是顺着小路，一前一后地行进，现在到了这片空地，他们依然是这么走着。俩人都穿着工装裤和上面缀有铜纽扣的工装外套，都戴着一顶很旧的黑帽子，俩人的肩头都扛着一个毛毯卷儿。前面的那个人，手脚敏捷，矮矮的个子，黧黑的面庞，犀利、灵动的眼神，特征鲜明的五官。他身上的每个部位都长得挺有特点，手不大却很有力，胳膊不粗却都是硬硬的肌肉，窄窄的鼻梁高高地挺起。后面走着的那个人却和前者截然相反，是个又高又魁梧的汉子，他的面部没有任何特征可言，眼睛大而无神，宽宽的肩膀却是溜肩；他脚步沉重，行走时有点儿拖着脚，颇像熊走路的样子，胳膊松弛地垂在身体的两侧，只是由于他那双硕大无比的手的重力，才使他的胳膊产生了一些惯性的摆动。

前面的人走到空地时突然停住了脚步，后面的那个差点儿撞了上去。小个子脱下帽子，用食指抹着汗带上的汗渍，随后，再把手指上的汗水弹掉。他的那个大块头同伴把行李卷儿扔到地上，俯下身子，脸贴着水面，喝碧池中的水，他大口大口地喝着，发出咕噜咕噜的声响。小个子略显焦急地来到他身旁。

“莱尼！”他关切地说，“莱尼，看在上帝的分上，别喝那么多。”莱尼的嘴仍在池面上咕噜着。小个子弯下身，晃动着他的肩膀。“莱尼，你会像昨晚一样呕吐的。”

莱尼又一次把头连同帽子一起没到了水中，临了，他坐在了岸边，帽子上的水滴在他的蓝外套上，顺着脊背流了下来。“真痛快，”他说，“你快喝吧，乔治。你也好好地喝上一通。”他脸上都是快乐的笑容。

乔治也把他肩上的铺盖卷儿放在了堤岸上。“我不敢确定，这水能不能喝，”他说，“水中看上去有不少的浮渣。”

莱尼把他的大手掌伸进水里，撩着水玩，激起了水花，一圈圈的涟漪扩散开来，一直抵达对岸，又返了回来。莱尼看着水圈的扩散，激动地喊：“瞧，乔治，看我弄出的水圈。”

乔治蹲在池边，用手舀起水来迅速地喝了几口。“这水喝起来还行，”他说，“尽管看上去并不流动。不是活水你千万不要喝，莱尼。”随后，他又有些无奈地说：“不过，你要是渴了，连臭水沟里的水也会喝的。”他又捧了把水，敷到脸上，把脸连同下巴、脖子后面，都洗了洗。随后，他戴上帽子，离开河边，坐到堤岸上，屈起双腿，用手抱住了它们。一直在一旁看着的莱尼，丝毫不差地模仿起乔治的动作和姿势。他也退回到堤岸上坐下，用手抱住屈起的双腿，一边还瞧着乔治那边，看自己模仿得像不像。跟乔治一样，他也把帽子往下拽了拽，遮到了眼睛那里。

乔治有些郁郁不乐地望着水面。强烈的太阳光把他的眼睛周围晒得红红的。他生气地说：“要不是那个该死的司机胡说八道，我们本可以一直坐到农场那边的。‘顺着公路往前走，一会儿就到，’他说，‘走一点儿路就到。’谁知这一点儿路竟有足足的四英里[①]远呢！他就是不想在农场门口停车，就是这么回事。懒得在那里给咱们靠边儿停一下。在索莱达停车，他觉得都是对咱俩发慈悲了。他在索莱达叫我们下车，说：‘顺着路走一会儿就到。’我敢打赌，这段路足有四英里多。天气又他妈的这么热。”

莱尼怯生生地望着他。“乔治？”

“嗯，你想说什么？”

“我们这是去哪里，乔治？”

小个子把帽檐往下扯了扯，蹙着眉头望着莱尼说：“你又都忘了，是吗？我还得再告诉你一遍是吗？上帝啊，你真是个傻瓜蛋子！”

“我忘记了，”莱尼轻声地说，“我尽力想要记住。我向上帝发誓，我尽力了，乔治。”

“好吧，好吧。我再告诉你一遍。反正我也没什么事干。我就这么一直地告诉你什么事情，临了，你全忘记了，完了我就再讲给你听。”

“我一遍遍地记呀，记呀，”莱尼说，“可没有用，还是忘了。我记得那些兔子，乔治。”

“去他妈的兔子。你脑子里只有兔子。好了！现在听我说，这一次你得记住了，免得我们又有麻烦。你还记得我们在霍华德

---

① 英制长度单位。1 英里≈ 1.61 公里。

街上的那个鬼地方，盯着一块黑板看吗？”

莱尼的脸上一下子绽开了开心的笑容。“当然记得了，乔治。我记得……可……我们在那里干什么来着？我记得一些姑娘也来了，你说……你说……”

“别管我说了什么啦。你记得我们去了莫里和莱迪，在那儿领了工卡和公交车票吗？”

“噢，乔治，我现在记起来了。”莱尼把手迅速地伸进外套口袋里，随后小声地说，“乔治……我的卡不在了。一定是我把它弄丢了。”他沮丧地低头看着地面。

“就没有让你拿着，你这个傻瓜蛋子。两个卡都在我这儿呢。你以为我会放心让你拿着自己的工卡吗？”

莱尼此时松了口气，咧着嘴笑了。“我……我以为我把它装在兜里了。”说着，他的手又再次伸进口袋里。

乔治严厉地看着他。“你从口袋里往外掏什么？”

“我兜里真的什么也没有，乔治。”

“得了，把它交出来。”

莱尼把手攥紧，放到了身后。“只是一只老鼠，乔治。”

“老鼠？是活的吗？”

“喔，不是。一只死老鼠，乔治。不是我把它弄死的，真的！我发现它的时候，它已经死了。”

“把它给我。”乔治说。

“哦，让我拿着它好吗，乔治？”

“给我！”

莱尼握着的手渐渐地松开了。乔治拿过老鼠，把它扔到了对岸的树丛里。“你要个死老鼠干吗？”

“在我们走路的时候，我可以用大拇指摩挲它。”莱尼说。

“在我们一块儿走路时，不许你用手摸着老鼠。我们现在是要到哪里去，你记住了吗？”

莱尼先是怔了一下，而后，不好意思地把脸掩在了他的两膝之间。“我又忘记了。”

“上帝啊，”乔治无奈地说，“得——你注意听着，我们这是要去一家农场干活，就跟我们在北边干过的那家农场差不多。”

“北边？”

“威德。”

“哦，我记得威德的那个农场。”

“我们现在要去的农场在河的下游，离这儿还有四五百米。我们去了先要见农场的老板。你听着——我将把咱们的工卡交给他，你一声也不要吭。你就站在那里，什么也不要说。如果叫他发现你是个傻瓜蛋子，我们就没活干了，可要是在他听你说话之前，先看到你干活的样子，那咱们就能待在那儿了。你明白了吗？”

“明白了，乔治，当然明白了。”

“好的。当我们见到老板时，你该怎么做呢？”

“我……我，”莱尼竭力想着，整张脸因为在思考而绷紧了，“我……将一句话也不说。就这么站在那里。”

“好样的。真棒。你再这样地说上两三遍，免得忘了。”

莱尼默诵着："我将一句话也不说……我一句话也不说……一句话也不说……一句话也不说。"

"好了，"乔治说，"你再也不要像在威德那样惹出麻烦了。"

莱尼脸上出现了困惑的神情。"像我在威德一样？"

"噢，看来你是把那件事完全忘记了是吗？唉，我也不打算再提醒你了，免得你再做一次那样的事情。"

莱尼脸上现出顿悟的神情。"他们把我们赶出了威德。"他终于想起了那件事，脸上一副胜利了的表情。

"把我们赶出威德，呸。"乔治厌恶地说，"是我们逃出了威德。他们一直在追寻我们，可没能抓住我们。"

莱尼高兴得咯咯直笑。"敢跟你打赌，这我可没有忘记。"

乔治仰着躺在了沙地上，把两手交叉着放在脑袋下面，莱尼模仿他的姿势，不时地抬起头来看看自己是否模仿得到位。"唉，你可真能惹麻烦。"乔治说，"如果没有你跟着我，我能活得多轻松、多自在啊。我能轻轻松松地活着，或许，还能有个女朋友。"

莱尼静静地躺了一会儿，临了，他满怀憧憬地说："我们要去农场工作了，乔治。"

"是的。你终于把它记在脑子里了。不过，我们今晚将在这儿睡觉，我这么做，自有它的道理。"

天黑得很快。现在，只有加比兰山脉的顶端还有阳光照耀着，下面的河谷已经开始暗下来。有条水蛇游过池子，它的头犹如一个小型的潜望镜露在水面上。芦苇在水流中轻轻地摇曳。在公路那边，有一个人喊着什么，另一个人回应着。一股轻风吹来，悬铃木的枝条发出一阵簌簌的声响。

“乔治——为什么我们不现在就去农场，在那里吃晚饭？”

乔治翻了一下身子，侧面躺下。“没有道理跟你讲。我喜欢在这儿。明天我们就要干活了。刚才在路上我看见了打谷机。这就意味着咱们要扛粮包，直到扛得把肠子也累断了。今晚我就躺在这里，看看天。我喜欢这样。”

莱尼跪了起来，低头看着乔治。“那么，我们不吃晚饭了？”

“当然要吃了。你去捡一些干柳枝来。我的铺盖卷里还有三罐豆子呢。在你把柴火准备好后，我就给你火柴。我们把豆子烧熟了当晚饭。”

莱尼说：“我喜欢在豆子上浇上番茄酱。”

“我们没有番茄酱。你去拾柴火吧。不要到处乱跑。天就要黑了。”

莱尼迟缓地站了起来，消失在树丛里。乔治仍然躺在那里，轻声地吹起了口哨。

从莱尼去往的那个方向传来蹚水的声音。乔治停止了吹口哨，倾听着。“这个可怜的傻蛋。”他自言自语地说，随之又吹起口哨。

少顷，莱尼穿过树丛走了回来，手里拿着一根干柳枝。乔治坐起了身子。“噢，”他突然说，“把那只老鼠给我！”

莱尼却装出一副非常无辜的样子说：“什么老鼠，乔治？我没有啊。”

乔治伸出手来。“快给我。你别想瞒得过我。”

莱尼变得犹豫了，向后退着，眼神狂乱地望着树林那边，仿佛打算着要逃走似的。乔治冷冷地说："你是把那只老鼠给我，还是要我揍你？"

"给你什么，乔治？"

"你知道得很清楚。我要那只老鼠。"

莱尼不情愿地把手伸进口袋里。他的声音开始变得哽塞："我不明白，为什么我就不能拿着这只老鼠呢。它又不是谁的。也不是我偷的。是我在路边捡的。"

不管莱尼说什么，乔治都没有收回手去。莱尼像条不愿意把球交还给主人的猎犬一样，慢腾腾地向前走了几步，又退回几步，随后又向前走了几步。乔治不耐烦地打了个响指，听到这声音，莱尼把老鼠交到了乔治手上。

"我对它没做坏事，乔治。只是抚摸它了。"

乔治站起来，把老鼠抛向远处正在暗下来的树丛里，随后，他走到池水边，洗干净了手。"你这个傻瓜蛋子，你以为你涉水去拿老鼠，把脚弄湿了，我也看不见吗？"在听到莱尼的啜泣声后，他转过身来，"上帝啊！你这么大的块头，像个小孩似的哭？"莱尼的嘴唇颤栗着，眼睛里噙着泪水。"噢，莱尼！"乔治把手抚在了莱尼的肩膀上，"我扔掉它，并不是故意要欺负你。那只老鼠已经开始腐烂，何况你又摸破了它的皮。等你再捡到一只刚死了的老鼠时，我让你玩上一阵子。"

莱尼坐在地上，垂头丧气地耷拉着脑袋。"我不知道在哪里还会有老鼠。我记得从前有位太太常常给我老鼠——她会把她捉到的老鼠都给我。可那个太太又不在这里。”

乔治讪笑着说：“喔，太太？你甚至不记得那位太太是谁了吗？她是你的姨妈呀。后来，她不再给你了，因为你总是弄死它们。”

莱尼伤心地望着乔治。“它们太小了，”他不无遗憾地说，“我摸它们，可没多久它们就咬我的手指头，我捏了捏它们的脑袋，它们就死了——因为它们太小了。

“我希望我们很快能有兔子，乔治。它们比老鼠要大得多。”

“去他妈的兔子。只要是活老鼠，都不能给你。你姨妈给了你一个橡胶老鼠，你又不要。”

“那个摸起来一点儿也不好玩。”莱尼说。

日落后的晚霞也从山顶上消失了，河谷笼罩在暮霭之中，在柳树和悬铃木的林子里，一切都已处在半明半暗之中。一条鲤鱼浮到水面上，大口地吸着空气，临了，又潜入黑暗而又神秘的水中去了，池面上因此荡起一圈圈的涟漪。头顶上的树叶被风吹得簌簌地响着，柳絮随风飘下来，落到了水面上。

“你还去不去捡树枝？”乔治诘问道，“在那棵悬铃木树干后面，就有一大堆枯枝。是被洪水冲下来的。现在，你去把它们拿过来。”

莱尼去到树后面，拿回一些干枯了的细枝和树叶，把它们扔在那堆灰烬上面，随后又去抱了几趟。天色现在几乎完全黑了下来。一只鸽子发着哨声在水面上飞过。乔治走过来，点着了枯叶。火苗在干枝中间渐渐地燃烧起来。乔治解开行李，拿出三罐豆子来。他把它们置在篝火旁边，靠近燃火，可又不触到火苗。

“这豆子足够四个人吃的。”乔治说。

莱尼望着火堆那边的乔治。他又老调重弹起来：“我喜欢浇上番茄酱吃。”

“可现在没有，”乔治发着火说，“我们没有什么你就要什么。上帝呀，我要是一个人，可以活得多自在啊。我可以找个稳定的活儿干，不会有任何的麻烦事。每到月底，便能挣到五十块钱，去城里买自己想要的东西。喔，我还可以整晚上在妓院里找乐子。想到哪儿吃饭，就到哪儿吃饭，大酒店里或者其他的任何地方，想吃什么菜，就点什么菜。我每个月都可以这样活。我可以买上一加仑的威士忌，或是开个台球室，在那里玩牌也好，打台球也好。”莱尼跪坐在那里，望着篝火对面生了气的乔治。莱尼的脸上现出惊骇。“可我现在有什么呢？”乔治继续气狠狠地说，“只有你！你在哪里干活都长不了，总是害得我丢掉工作。害得我一直是到处游荡。这还不是最糟的。你老是出乱子。你干坏事，有了麻烦，我不得不帮你摆脱。”他的声音几乎变成了喊叫。“你这个没脑子的杂种。你总是让我不得安生。”他摆出小女孩们彼此模仿对方时会有的姿势，“只是想摸摸那个女孩的裙子——只是想跟摩挲老鼠那样，摸摸她的裙子……噢，可他妈的她怎么会晓得你只是想要摸摸她的裙子？她猛地抽回了身子，像是手里捉着一只老鼠那样，你拽着人家的裙子就是不放。女孩喊叫起来，我们不得不一整天地躲在灌渠里，因为人们在到处找我们。一直等到晚上，我们才偷偷地跑出了那个地方。老是有这样的事情——总是有这样的事情发生。我真希望把你装进一只笼子里，给你许多的老鼠，就让你在那里面玩。”他的火气突然一下子全消了。他望见篝火对面莱尼脸上痛苦的表情，随即有些羞愧地低头看着火苗。

现在，天完全黑了下来，火苗照着周边的树干和他们头顶上垂下来的枝条。莱尼慢慢地绕着火堆，小心地爬了过来，跪坐在乔治的身旁。乔治把装豆子的罐子转动了一下，让它们的另一面冲着火苗。他装着没有发现莱尼已经来到他这边。

“乔治，”莱尼的声音非常轻。没有回答。“乔治！”

“你想干吗？”

“我只是说着玩的，乔治。我不要番茄酱。就是把番茄酱放在我面前，我也不会吃它的。”

“如果有，你是可以吃上点儿的。”

“我不吃，乔治。我会全留给你的。你可以在豆子上浇上番茄酱，我一口也不吃。”

乔治的眼睛仍然忧郁地盯着火苗。“我一想到没有你我能过得多快活，我就要疯了。我的内心从来没有得到过安宁。”

莱尼仍然跪在那里。他望进河对岸的一片黑暗之中。“乔治，你想让我离开你，留下你一个人吗？”

“你他妈的能去哪里呢？”

“哦，我可以去前面的小山里。在那里，找一个山洞。”

“那你吃什么？你傻傻的，会连食物也找不到吃。”

“我能找到的，乔治。我不要吃好吃的东西，也不需要浇上番茄酱。我躺在阳光下面，没有人会伤害我。如果我找到了一只老鼠，我可以拿着它玩。没有人会把它从我这里抢走。”

乔治迅速地用探寻的目光看着他。“我对你不好了，欺负你了，是吗？”

“如果你不想要我，我可以到山里去，在那里找上一个山洞。我随时都可以走。”

“不——你听着！我是跟你开玩笑的，莱尼。我当然想让你跟我待在一起了。至于老鼠，麻烦的是你总会把它们弄死。”乔治停顿了一下后说，“告诉你我将怎么做，莱尼。一有机会，我就给你弄一条小狗。或许，小狗就不那么容易死掉了。狗比老鼠强。你可以使劲地摸它。”

可莱尼并没有就此罢休。他意识到乔治此时在感到愧疚。于是，他继续说道：“如果你不想要我了，你只要吱一声就行，我会即刻去到那边的山里——到那边的山里去独自生活。那样，就没有人偷走我的老鼠了。”

乔治说：“我要你跟我在一起，莱尼。上帝啊，你一个人在山里，有人会把你当郊狼一枪打死你的。不，你得和我在一起。即便是你已死的克莱拉姨妈，也不愿意让你一个人在外面瞎跑的。”

莱尼狡黠地说：“那么，你就像以前那样，给我讲讲……”

“讲什么？”

“讲兔子。”

乔治有些不耐烦地说：“你别以为我就那么好骗。”

莱尼恳求道："讲嘛，乔治。就像你以前那样，给我讲讲嘛，乔治。"

"你就喜欢听这个，是吗？好吧，我讲，听完了咱们就吃饭……"

乔治的声音渐渐地变得深沉起来。他抑扬顿挫地讲着，好像这些话他以前已说过了许多遍似的："像我们这样在农场打零工的人，是世界上最孤独的人。他们没有家人，也不属于任何一个地方。他们来到一个农场，干活攒上一些钱，完了进到城里就把它花光了。还没等你回过神来，他们便又到了另一家农场，累死累活地干上了。他们的生活一点儿奔头都没有。"

莱尼高兴起来。"就是这……就是这个。现在讲我们是怎么样的。"

乔治继续说道："至于我们就不同了。我们有美好的未来。我们有人说话，有人关心。我们不会因为没有地方可去，就在酒吧里赌博，把钱输个精光。其他那些人坐了牢，就是在监狱里烂掉了，也不会有人在乎。可我们就不一样了。"

此时，莱尼插进话来："可我们就不一样了！为什么呢？因为……因为我有你照顾我，你有我照顾你，这就是我们之所以不一样的原因。"他高兴地笑了起来，"再接着讲，乔治。"

"你都记在脑子里了。你自己就能讲嘛。"

"不，你讲。我还是忘了一些的。说说我们将会怎么样。"

"好吧。不久的将来——等我们一块儿攒够了钱，就置上一所房子、几亩地、一头牛，再养上一些猪……"

“靠种我们自己的地过日子，”莱尼大声地说，“还有兔子。往下讲啊，乔治！告诉我在我们的花园里有什么，再讲讲关在笼子里的兔子、冬季的雨天、火炉、牛奶上面漂着多厚的奶油，你不得不用刀子去切。说说这些，乔治！”

“为什么你不自己讲呢。你全知道啊。”

“不……我要你说。我说就不一样啦，讲嘛，乔治，我是如何照料兔子的。”

“好的。”乔治说，“我们会有一片菜地、一个兔笼，还有小鸡。到冬天下雨时，我们才不去干活呢，我们会点着炉子，坐在炉火边，倾听雨点落在屋顶上的声音……不说了！”他从口袋里掏出小刀，“现在没有时间再往下讲了。”他把小刀捅进一个罐子的顶部，割掉了上面的盖子，将它递给了莱尼。接着，打开了第二个罐子。他从侧兜里拿出两把小勺，把其中的一把递给了莱尼。

他们坐在火堆前，把豆子放在嘴里，使劲地嚼着。几颗豆粒从莱尼的嘴边滑落出来。乔治挥动着他的小勺说：“明天农场老板问你话时，你该怎么回答？”

莱尼停止了咀嚼，把嘴里的豆子咽到肚子里。脸上一副专注的神情。“我……我……什么也不说。”

“好样的！很好，莱尼！或许，你这就会好起来的。等我们有了自己的地，我可以让你照看兔子，只要你能把这些都清楚地记着。”

莱尼的声音得意自豪得都有点儿哽咽了。“我能记住的。”

他说。

乔治又挥了一下小勺说：

“你听好了，莱尼。我想让你把这个地方好好看看。你能记住这个地方，是吗？顺着这条河，再往上走四五百米就是农场了。”

“没问题。”莱尼说，“我能记得这个地方的。我不是记住什么也不说了吗？”

“你当然是好样的。哦，听着，莱尼——一旦像以前那样又有了麻烦，你就到这个地方来，藏在那边的树丛里。”

“藏在树丛里。”莱尼慢慢地说。

“藏在树丛里，直到我来找你。你能记住吗？”

“我当然能，乔治。藏在树丛里，直到你来找我。”

“不过，你可不要再惹麻烦了，因为要是那样的话，我就不让你照管兔子了。”说着，他把吃完豆子的空罐子扔到了树丛里。

“我不会再惹麻烦了，乔治。我将一句话也不说。”

“好的。把你的行李拿到火边来。我们将在这里度过一个美好的晚上。能好好看看天上的星星和头顶上的树叶。不要再往火里添树枝了。让它自己熄灭好了。”

他们在沙地上铺开了行李，篝火在慢慢地减弱，火光能照到的地方越来越小了；弯曲的枝条已从视线中消失，只有近处的树干上还映着微弱的光儿。在黑暗中，莱尼突然大声说道：“乔治……你睡着了吗？”

“没有。你想说什么？”

“我们要有各种不同颜色的兔子，乔治。”

“那是当然的。”乔治带着睡意说，“红的，蓝的，绿的，莱尼。养成千上万只兔子。”

“还有长毛兔，乔治，就像我在萨克拉门托集市上见过的那一种。”

“好的，还有长毛兔。”

“不然的话，我还不如走掉，住到山洞里去呢，乔治。”

“你干脆到地狱里去吧，”乔治说，“现在，闭上你的嘴。”

余烬中的红光变得越来越弱。河对岸的小山上有郊狼在号叫，河岸这边的一条狗汪汪地吠着，给以回应。悬铃木的树叶在夜晚的微风中低语着。

农场的工人宿舍是一座长长的方楼。里面的墙壁都涂过了白粉，地板上没有刷漆。房子的三堵墙上有些不大的方窗，第四堵墙上装了一个带有木头门闩的坚实大门。靠着墙壁摆了八张床，有五张床上铺着毯子，另外的三张只是用粗麻布苫着。每张床铺的上方都钉有一个装过苹果的箱子，箱子中间加了一块板，变成了两层，口朝外开着，这是为这些床的主人所提供的放个人物品的地方。在这些木架上，摆满了各种小物品——肥皂、爽身粉、剃须刀，还有西部杂志，农工们喜欢看这类杂志，他们拿它们做笑料，可又相信里面的内容。在这些木架上还放着药瓶、小罐子、梳子等。在木架旁边的钉子上，挂着几条领带。靠着一堵墙的墙根，立着一个黑色的铁炉子，它的烟囱直直地从顶棚上穿了出去。在屋子的中央，摆着一张很大的方桌，上面散落着扑克牌，桌子周围放着一些木箱，是供玩牌的人坐的。

在早晨大约十点钟的时候，太阳从一扇小窗上射进一道明亮的光束，尘埃在光里浮动着，苍蝇像流星一样来回穿梭于光束中间。

木头门闩挑起来一下。门开了，走进来一位高个子、背略有些驼的老人。他穿着一身蓝色工装，左手拿着一把大扫帚。跟在他后面的是乔治，在乔治后面的是莱尼。

“老板昨晚等你们来着，”老人说，“你们昨晚没能到达，今早出不了工，把老板气坏了。”他用右臂指了指说——从袖筒里露出了他的像根棍子似的手腕，手腕前面没有手，“你们可以睡靠火炉的这两张床。”

乔治走过去，把他的铺盖卷儿扔到了充当床垫的稻草包上。他看了看钉在墙上的苹果箱架子，从上面取下一个小黄罐。“哦，这是什么东西？”

“我不知道。”老人说。

“上面写着‘可杀死虱子、蟑螂和其他的害虫’。喂，你让我们睡的这是他妈的什么床啊？我们可不想让裤裆里长满虱子。”

老人把扫帚倒了一下手，将它夹在胳膊肘下面，腾出手接过罐子，仔细地看着上面的标签。“告诉你吧……”他说，“在你之前睡这张床的人是一个铁匠——一个非常不错、非常爱干净的人，是那种你愿意去交往的人。他甚至在饭后还要常常洗手。”

“那他怎么会有虱子呢？”乔治的心中渐渐生起一股怒气。莱尼把他的行李放在旁边的床上，然后坐下来，张着嘴看着乔治。“我告诉你吧，”老清洁工说道，“这个名字叫沃特尼的铁匠是这样一种人，即便这儿没有虱子，他也会备上这种东西的——只是为了保险起见，知道吗？我给你讲讲他是怎么做的……吃饭时，他会把煮熟的土豆剥皮，如果上面有什么斑点，他会把它们都抠掉了再吃。如果鸡蛋上有红点，他会把这鸡蛋刮掉一层。最后他离开，也是因为食物。他就是那种爱干净的人。星期天即便什么地方也不去，就在宿舍里待着，他也会打上领带，穿戴得整整齐齐的。”

“我不太相信你的话，”乔治有些怀疑地说，“你刚才说他是因为什么走的？”

老人把那个小黄罐装进口袋里，用断腕触了触他硬硬的白胡子茬儿说：“为什么……他……离开了，走掉的也不是他一个。说是因为食物。就是想要走呗。除了食物，没有给出其他的原因。一天晚上，他突然说‘把工钱给我’，大家都那样。”

乔治掀开粗麻布床单，看了看下面铺着的东西。他俯下身子，仔细地查看着稻草包。莱尼马上也从床上起来，去检查他的床单下面。最后，乔治似乎终于满意了。他解开行李卷儿，把他的东西——剃须刀、肥皂、梳子、药瓶、外敷油和皮腕带——都置在了木架上。随后，把他的毯子等在床上铺好了。老人说：“我想老板马上就到了。你们今天早晨不在这里，可把他给气坏了。在我们正吃早饭时，他进来说：‘这两个新工人到底是他妈的怎么回事？’完了把照看马厩的人也大骂了一顿。”

乔治抚平了毯子上的一道褶子，坐了下来。“把马夫大骂了一顿？”他问。

“可不是。你知道，那个马夫是个黑人。”

“黑人？”

“是的。他人不错。后背被马给踢弯了。老板一生气就会冲他发火。不过，这马夫似乎倒并不在意。他爱读书。屋子里有不少的书呢。”

“老板是个什么样的人？”乔治问。

“哦，老板是个好人。尽管他有时候爱发火，可人不错。你知道他在圣诞节是怎么做的吗？我跟你说，他把一加仑的威士忌酒拿到宿舍里来，跟大伙们说：‘敞开肚子喝吧，孩子们。圣诞节一年只有一次。’”

“他真慷慨！整整一加仑威士忌？”

“是呀，先生。上帝啊，我们喝得真开心。那天晚上，他们让黑人马夫也来宿舍里了。一个叫史密提的小个子骡夫，追着他跑。还挺厉害的呢。人们不让史密提用脚踢，所以黑人马夫最终胜了他。如果他能用脚的话，史密提说，他一定能踢死这个黑鬼的。人们说，因为黑人的背驼了，史密提不能用脚。”沉浸在回忆中的他停顿了一下，“在这之后，人们都到索莱达去狂欢了。我没去，因为我老了，没有那个精神头了。”

莱尼在一边整理着他的床铺。此时，木头门闩抬起来一下，门打开了。一个身材又矮又胖的男子站在了门道里。他穿着蓝色牛仔裤和法兰绒衬衣，黑色的马甲没有系扣子，马甲外面又套了一件黑色的外衣。他的两个大拇指分别插在他皮带两侧的两个方形的不锈钢皮带扣上。他头上戴着一顶棕色的斯特森牛仔帽，脚上穿着一双带马刺的高跟靴子，这表明他不是一个普通做工的。

老清洁工很快地看了他一眼，而后拖着脚向门口走去，同时用断腕抚着他的胡子。“这俩人刚刚到。”他说着走过老板身边，出了宿舍的门。

老板迈着他那短胖身材所特有的快捷的小步子，进到了屋子里面。“我给莫利和莱迪写信说，我今天早晨需要两个工人。你们带了工卡吗?”乔治从口袋里掏出工卡，递给了老板。

老板看后说:“看来你们来晚了不是莫利和莱迪的错。工卡上明确地写着，你们应是今天早晨来这里的。”

乔治低头看着自己的脚。“公交车司机告知错了路,”他说,“让我们徒步走了十几英里。说我们没有按时到达，可早晨就没有开往这边的公交车呀。”

老板眯缝着眼睛说:“我不得不让收粮队少了两个人就出发了。你们就是现在去，也派不上用场了，只能等到吃了午饭后了。”他从口袋里掏出一本记工册，翻到了夹着铅笔的那一页。乔治会意地向莱尼蹙了蹙眉，莱尼点了点头，示意他明白了。老板舔了一下铅笔的笔尖问:“你们都叫什么名字?”

“乔治·弥尔顿。”

“你的名字呢?”

乔治说:“他叫莱尼·斯莫。”

老板记下了他们的名字。“哦，今天是二十一号，二十一号中午。”老板合上了记工册问,“在这之前，你们在哪里做工呢?”

“在威德。”乔治说。

“你也是?”老板问莱尼。

“是的，他也是。”乔治说。

老板用手指了指莱尼说:“他不多说话，是吗?”

“是的，他很少说话，不过，他是个好工人。干起活来，跟头牛一样壮。”

莱尼暗自笑了起来。“跟头牛一样壮。”他重复道。

乔治冲他蹙起眉头，莱尼因忘记了乔治不让自己说话的告诫，而羞愧地低下了头。

老板突然说道：“听着，斯莫！”莱尼一下子抬起了头。“你能干什么活儿？”

在惊恐中，莱尼求助似的望着乔治。“他能做好你吩咐他的一切活儿。”乔治说，“他赶牲口是把好手。能扛粮包，开耕机。能干任何的活儿。只要你让他做。”

老板转过身来对乔治说：“你为什么不让他自己回答？为什么你要替他说？”

乔治大声地说道：“噢！我没有说他脑子聪明。他并不聪明。可我说他是一个干活的好手。他可以扛起一个四百斤的大包。”

老板把记工册慢慢地放回到口袋里，他用两个大拇指分别勾在他皮带的两侧，一只眼睛几乎眯缝得闭合了起来。“说——你到底在搞什么鬼？”

“什么？”

“我说，你从你的这个朋友身上得了多少好处？是你拿走了他的所得？”

“没有，当然没有。为什么你会认为我从他那里捞取了好处？”

“哦，我从未见过哪个人这么上心地去帮助另一个人。我只是想知道你这么做，能得到什么好处？”

乔治说：“他是我的一个……表弟。我跟他母亲保证过，一定会好好照顾他。小的时候他的头被马踢过，也没有留下什么太严重的后遗症，只是他的脑子不那么好使了。可是，他能做好你告诉他做的任何事情。”

老板转过去一半身子。“喔，谁都知道，扛粮包用不着好脑瓜子的。但是，你也别想蒙骗我，弥尔顿。我的眼睛可是盯着你呢。你们是因为什么离开威德的？”

“活儿干完了。”乔治即刻回答说。

“什么活儿？”

“我们……我们挖了一个化粪池。”

“哦。不过，可不要想着玩花招，因为你们什么也瞒不了我的。比你们脑子好使的，我见多了。今天下午跟着收粮队一块出去干活。他们在打谷机那边收麦子。你们跟着斯林姆的那个队。”

“斯林姆？”

“是的。一个身材高大的骡夫。吃饭时你们会见到他的。”老板说完了便转身往门口走去。不过，在走到门那里时，他又突地转过身来，盯着乔治和莱尼看了好一会儿。

老板的脚步声远了之后，乔治转过身来对着莱尼：“一再地告诉你不要吭声。闭住你的臭嘴，一切由我来说。你看，险些让我们丢掉了这份工作。”

莱尼无助地看着自己的手。“我忘记了，乔治。”

“噢，你忘记了。你总是忘记，总得叫我多费口舌，帮你摆脱困境。”乔治心情沉重地在床前坐了下来。

“现在，他盯上了我们。我们务必要小心了，出不得半点儿差池。从现在开始，闭上你的大嘴巴。”由于懊恼，他陷入了沉默。

“乔治。”

“你又想干什么？”

“我的头没有被马踢过，是吗，乔治？”

“要是你被马踢了，倒好了。”乔治气狠狠地说，“那样的话，大家都省事了。”

“你说我是你的表弟，乔治。”

“喔，那是我编的谎话。我真庆幸这不是真的。要真有你这么一个亲戚，我非得开枪毙了自己不可。”他突然停下来，走到开着的门那里，往外面瞧了瞧，“噢，你他妈的在听什么？”

老人慢慢走进屋里。他手里拿着扫帚，身后跟着一条老得快要走不动的牧羊犬，灰白的毛色，泛白的眼睛几乎连东西也看不清楚了。它有气无力、一瘸一拐地走到门对面那堵墙边卧下，轻轻地呼噜几声后，舔起了自己已被蛀坏的灰色皮毛。一直看着他的狗卧下来之后，这位清扫工才说：“我没听到，我刚打扫完了洗漱间，正站在阴凉地里给我的狗挠痒痒。”

“你在竖着耳朵偷听，”乔治说，“我不喜欢任何人多管闲事。”

老人不安地从乔治望到莱尼，又从莱尼望到乔治。“我刚刚站到这儿，”他说，“你们说的话，我一句都没听见。再说，我也没有兴趣听。在农场干活，就得做到对别人的事不去听，也不去问。”

“你这么做就对了，”乔治的火气不像刚才那么大了，“要想在一个农场里干得长久，就得这样。”清扫工的解释打消了乔治的疑虑。“进来坐会儿吧，”他说，“你的这条狗可真够老的了。”

“是的。从它还是个狗崽时，我就养着它了。上帝啊，几年前它还是一条棒棒的牧羊犬呢。”他把扫帚靠在墙上，用断腕触着他脸上的胡子茬儿，“你觉得老板这个人怎么样？”

“挺好。看上去不错。”

“他是个好人。”清扫工说，“你得承认这一点。”

就在这时，一个年轻人走了进来。他瘦瘦的身材，黧黑的面庞，一双棕色的眼睛，一头浓密的鬈发。他的左手上戴着一只手套，跟他父亲一样，穿着带跟的靴子。“见我老爹了吗？”他问。

清扫工说：“他几分钟前来过这里，柯利。我想，他现在是去了厨房。”

“我去那儿找他。”柯利说。他的眼睛扫过这两个新来的人时，他停下了。他先是冷冷地看着乔治，然后又看着莱尼。他的手臂慢慢地弯了起来，两只手攥成了拳头。他全身的肌肉变紧，摆出一副半蹲的姿势。在他打量对方的目光里，充满了挑衅。莱尼在他目光的逼视下，不安地蠕动着身体和双脚。柯利小心地靠近到了莱尼这边。“你们就是我老爹在等的新工人吧？”

“我们刚到一会儿。”乔治说。

“让这个大块头回答。”

莱尼尴尬地扭动着身体。

乔治说：“要是他不想说话呢？”

柯利倏地转过了身子。“哼，我问他，他就得回答。你他妈的在这里搅和什么？”

“我们是一起的。”乔治冷冷地说道。

“噢，原来是这么回事。”

乔治绷紧着身体，一动也没动。“就是这么回事。”

莱尼无助地望着乔治，不知该怎么做才好。

“你是不想让这个大块头说话，是吗？”

“如果他想要告诉你什么事，他会说的。”乔治朝莱尼略微点了点头。

“我们刚刚到。”莱尼小声地说。

柯利拿眼睛直视着莱尼。“喔，下一次再跟你说话时，你一定要回答。”他转身往门外走去，两个胳膊肘仍然略微地弯着。

柯利出去之后，乔治转过身来对着清扫工说：“喂，这家伙是怎么搞的？莱尼根本就没有惹他嘛。”

老人小心地往门口那边瞧了瞧，在确信没有人在听时，才悄悄地说道：“他是老板的儿子，他的身手很敏捷的。在拳击场上有点名气，是个轻量级的选手。”

“他敏捷就敏捷呗，”乔治说，“那也没有必要跟莱尼过不去吧。莱尼跟他无冤无仇的，他为什么要找莱尼的碴儿呢？”

清扫工考虑了一会儿后说：“喔，我来告诉你们是怎么回事吧。柯利跟许多的小个子男人一样，恨大块头的人。他总是找他们的碴儿。因为他长得小，所以总是生大块头的气。你也见过这样的小个子，不是吗？总想寻事！”

“你说得没错。”乔治说，“我见过不少爱滋事的小个子。不过，这个柯利可别错打了算盘。莱尼尽管不那么敏捷，可如果他要跟莱尼打的话，受伤倒霉的只能是他自己。”

“柯利的身手敏捷着呢。”清扫工半信半疑地说，“在我看来，这很不公平：要是柯利打大个子并赢了，每个人都会夸柯利有多厉害。可要是他打输了，人们就会说，那个大个子该找个跟他差不多高大的人去打，或许，人们还会一起上来揍那个大个子呢。在我看来，这很不公平，柯利这是不给别人任何的机会。”

乔治一直看着门那边。他预言似的说：“他最好当心点儿莱尼。莱尼虽说不会拳击，可他强壮，动作迅速，不知道规则为何物。”乔治走到方桌前，在一个箱子上坐了下来。他拿起了桌子上的一些牌，在手里洗着。

老人也在一个箱子上坐了下来，他说：“不要告诉柯利我说的这些话。那样他会解雇我的。他一贯我行我素，从不在乎别人，他爹是老板，谁也不能把他怎么样。”

乔治切了牌，开始一张一张地把它们翻过来看着，随后，把它们摆成了一摞。他说道：“我看柯利这家伙不像是个好东西。我讨厌这种小心眼的小个子。”

“我看他最近脾气变得更坏了，”清扫工说，“几个星期前，他结了婚。老婆就住在老板的房子里。结婚以后，柯利似乎变得更加放肆了。”

乔治哼了一声说：“或许，他是显摆给他老婆看的。”

清扫工这时说得来劲儿了。“你看见他左手上戴着的手套了吗？”

“哦，看到了。”

“你知道吗，那只手套里涂满了凡士林。”

“凡士林？那是为什么？”

“哦，我来告诉你吧，柯利要为老婆保持他那只手的柔软。”

乔治出神地看着自己摆出的牌。“把这样的事也告诉人，未免有些太下流了吧。”他说。

老人此时更放心了。他从乔治这里听到了贬低柯利的话。他觉得自己现在安全了，因此说起话来，底气更足了。“等会儿你就能见到柯利的妻子。”

乔治又切了一次牌，然后慢慢地把牌一张一张地接龙。“她漂亮吗？”他随意地问道。

“是的，漂亮……只是……”

乔治专心地看着他的牌。“只是什么？”

“噢……她总爱跟人眉来眼去的。”

“是吗？刚结婚两个星期，就跟别人眉来眼去的？或许，这就是柯利坐立不安的原因吧。”

“我见过她给斯林姆抛媚眼。斯林姆是个很有本事的骡夫。是个好人。斯林姆不需要穿上高跟靴子，也能把收粮队领导得好好的。我看见她给斯林姆抛媚眼。柯利对此事一点儿也不知晓。我还见过她给卡尔森暗送秋波。”

乔治装出一副漠不关心的样子。“看来我们要有好戏看了。”

清扫工从箱子上站了起来。“你知道我是怎么想的吗？”见乔治没有答话，他接着说："喔，我觉得柯利娶了个……骚货。"

"他又不是第一个，"乔治说，"娶了荡妇的男人多了。"

老人往门口走，那条老狗抬起头，四下望了望，吃力地站起来，跟在了他的后面。"我得给他们准备脸盆去了，收粮队很快要回来了。你们两个是来扛麦包的吗？"

"是的。"

"你不会把我说的话告诉柯利吧？"

"不会。"

"喔，先生，等看到她时，你就知道她是不是个骚货了。"他迈出门槛，走到外面明媚的阳光里。

乔治若有所思地摆着牌，一次翻过来三张，在A那摞上面放了四张梅花。现在，方形的光影移到了地板上，苍蝇在这光束中间像火星似的飞舞。外面传来了马具碰撞的叮当声和轮轴负重的咯吱声。稍远处传来一阵清晰的喊叫声：先是"马厩老黑——嗨，马厩老黑！"，然后是"这个黑鬼到底他妈的到什么地方去了？"。

乔治盯着看了一会儿桌上的纸牌后，把牌收到了一起，转过身来对着莱尼这边。莱尼正躺在床上看着他。

"我跟你说，莱尼，这个地方怕是不好待。我担心柯利这个家伙会找你的麻烦。我以前见过这种人。他是不会放过你的。他揣摩出你已经怕他了，一旦有机会，他就会揍你的。"

莱尼的眼睛里现出惊恐的神情。"我不想有麻烦，"他可怜兮兮地说，"不要让他打我，乔治。"

乔治站起来，走到莱尼的床前，坐了下来。“我恨那个狗杂种，”他说，“这种人我见多了。就像这个老头说的，柯利不会给别人机会的。他总是赢。”想了一会儿后他又说：“如果柯利纠缠上了你，莱尼，咱们就得走人啦。不要犯这样的错误，莱尼，他是老板的儿子。你尽可能躲他远一点儿，好吗？不要跟他说话。他来这里时，你就远远地躲到墙角去。你能做到吗，莱尼？”

“我不想惹麻烦，”莱尼沮丧地说，“我从来都没惹过他。”

“他要是想寻衅打架，对你一点儿好处也没有。不要和他有任何瓜葛。你记住了吗？”

“记住了，乔治。我不会跟他说一句话的。”

收粮队已经到了院子里，马蹄踏地的哒哒声、车闸制动的咔嚓声和拖链的叮当声响成一片，还有收粮队的人此起彼伏的呼喊声。乔治坐在莱尼躺着的床前，焦虑得蹙起了眉头。莱尼怯生生地问：“你没有生气吧，乔治？”

“我没有生你的气。我是生柯利这个杂种的气。我本指望着在这里干活，攒上点儿钱——哪怕是攒上一百块钱呢。”他说话的语气变得坚决起来，“你躲开柯利，莱尼。”

“我会的，乔治。我一句话也不说。”

“不要让他有机可乘……但是……如果这个混蛋胆敢揍你……那就让他试试。”

“让他试什么，乔治？”

“没什么，没什么。到时候，我会告诉你的。我恨这种人。你听着，莱尼，一旦遇到麻烦，你还记得我让你怎么做来着吗？”

莱尼用胳膊肘支起身体，因为费力思考，他的面部变得扭曲了。临了，他可怜地看着乔治的脸说：“如果我惹了麻烦，你就不让我照看兔子了。”

“这不是我要说的意思。你还记着我们昨晚是睡在什么地方的吗？记着在河边吗？”

“哦，我记得。哦，我当然记得啦！我将去到那里，藏到树丛里。”

“藏起来等着我来找你。不要让任何人看到你。藏在河边的树丛里。把这再说上一遍。”

“藏在河边的树丛里，河边的树丛里。”

“如果你遇上了麻烦。”

“如果我遇上了麻烦。”

屋外传来马车刹闸的刺耳声音。随后，听到有人喊：“马厩老黑——嗨，马厩老黑。”

乔治接着前面的话说道：“你自己再重复上几遍，莱尼，免得忘记了。”

少顷，俩人都抬起了眼睛，因为门道里的方形光影被遮挡住了。一个姑娘正站在那里，往里面瞧。这位姑娘丰满的嘴唇上涂着口红，两眼的间隔比较宽，脸上敷了厚厚的脂粉。她的指甲也染成了红的。她的头发烫成了像香肠那样的一束束的卷儿，她穿着棉裙和红拖鞋，在拖鞋内侧插着些红色的鸵鸟羽毛。“我在找柯利。”她说。她尖脆的嗓音里带着鼻音。

乔治把目光移开了一会儿，随后，又落在她的身上。“他一分钟前还在这里，刚刚走了。”

“噢!”她把两只手叉在背后，身子倚在门框上，这样她的身体就向前探出了不少，“你们是刚来的工人，是吗?”

“是的。”

莱尼的眼睛从上到下地打量着她这向前探出的身体，尽管她似乎并没有看着莱尼，可她还是把她的这一站姿收敛了一点儿。她低头看着自己的手指甲。“柯利有时候会来这里。”她解释说。

乔治没好气地说：“喔，他现在不在这儿了。”

“如果他不在，我最好还是去别的地方看看吧。”她开玩笑似的说。

莱尼一个劲儿入迷地望着她。乔治说：“要是我见到他，我会转告他你正在找他的。”

她调皮地笑着，扭动着身体。“没有人会怪我到处找人吧。”此时，她身后响起了脚步声，她扭回了头去。“喂，斯林姆，是你啊。”她说。

斯林姆的声音从门外传了进来。“嗨，美人儿。”

“我正在找柯利，斯林姆。”

“哦，你还是找得不太认真。我看见他回了你们家了。”

她突然变得不安起来。“回见，小伙子们。”在急匆匆地出去后，她又回过头来喊。

乔治转过身来看着莱尼。“上帝啊，这是怎样的一个荡妇啊，”他说，“这就是柯利找的老婆吗?”

“她很漂亮。”莱尼为她辩护道。

“是的，她无疑也在显摆她的漂亮。她这副样子以后可够柯利操心的。她会为二十美元就跟别人跑了的。”

莱尼的眼睛仍然盯着她刚才站过的门道。“天哪，她真漂亮。”他脸上流露出赞赏的笑容。乔治迅速地看了他一眼，揪住了他的耳朵，使劲地晃着。

“听我说，你这个混蛋疯子。”他厉声说道，“我不许你再看那婊子一眼。我不管她说什么、做什么，这种如祸水一般的女人我以前见得多了，可像她这样会给人带来致命灾祸的，我还是第一次见到。你离她远点儿。”

莱尼尽力想要把他的耳朵从乔治手中挣脱出来。“我什么也没做，乔治。”

“是的，你没做。可当她站在门口，亮着她的大腿时，你的眼睛可从未离开过她的身子。”

“我从来都没想过做坏事，乔治。真的，从来没有。”

“总之，你离她远点儿，因为她要不是个老鼠夹子，这个世界上就没有人是了。我们让柯利去做那个被她夹住的老鼠吧，那是他自找的。这个手套里涂满了凡士林的家伙。”乔治不无厌恶地说，“我敢打赌，为了增强性功能，他一定还在吃生鸡蛋、跟大夫订购这方面的特效药呢。”

莱尼突然喊了起来：“我不喜欢这个地方，乔治。这个地方不好。我想离开这个地方。”

“我们得等挣到了一些钱再走。我们没有别的办法，莱尼。

我们会尽可能快地离开这里。和你一样，我也不喜欢这个地方。”乔治走回到桌子跟前，开始重新摆牌。“不，我不喜欢这里。”他说，“咱们挣上点儿钱就走，只要我们口袋里有了点儿钱，我们就可以到河的上游去淘金。在那里，我们或许一天能挣上几块钱，也许还能发财呢。”

莱尼急切地俯过身来。“我们走，乔治。我们离开这儿。这个地方怪叫人担惊受怕的。”

“我们得待下去。”乔治简短地说，“现在你就住嘴。有人很快要进来了。”

从隔壁的洗漱间传来流水和洗刷的声音。乔治看着他摆出的牌。“或许，我们也该去洗一下，”他说，“不过，我们什么都没干，还不脏。”

一个高个子男人站在了门道里。他将一顶皱巴巴的斯特森帽夹在胳膊下面，向后梳着那又长又湿的黑发。和其他人一样，他也穿着蓝色工装裤和牛仔短外套。梳完了头发，他进到屋子里，步态俨然皇室成员或一个大工匠。他就是骡夫们的领队、农场的王子，能同时驾驭十四、十六匹甚至二十四匹骡子，让它们排成单行乖乖地行进。他能用鞭梢抽死落在车辕上的一只苍蝇，而不会让鞭子触到牲口。在他的行为举止间有一种令人钦佩的沉稳和尊严，只要他一开口，别人就会闭上嘴听他讲。他的权威性也是毋庸置疑的，他说出的意见没有人不赞同，无论是有关政治的，还是爱情的。他的名字叫斯林姆。从他瘦削、棱角分明的脸上，看不出年龄。他也许三十五岁，也许五十岁。他能听出说话人言语后面的意思，在他缓慢的话语中有着比思想更多的意蕴，饱含着对对方的理解和同情。他的一双又瘦又大的手，灵活敏捷得就像是庙宇中舞者的手一样。

他把压扁的帽子抚了抚平，捏起中间的褶子，把它戴在了头上。他和蔼地望着宿舍里的这两个人。“外面亮得很，”他声音很轻地说，“乍一进来，几乎什么都看不见。你俩是新来的吧？”

“是刚刚到的。”乔治说。

“来扛粮包？”

“老板是这么说的。”

斯林姆在乔治对面的一个箱子上坐了下来。他看着桌子上在他这边看是颠倒着的纸牌接龙。“希望你们俩能来我这个队，”他说，“我队里有两个人连麦包和蓝色的球也分不清楚。你们以前扛过麦包吗？”

“扛过。”乔治说，“我没有什么可吹嘘的，可我身边的这个大块头扛麦包，一个人绝对能顶两个。”

听到这赞许，眼睛一直盯着这两个说话人的莱尼，此时脸上露出得意的笑容。斯林姆很欣赏乔治能这样赞扬同伴，他探过身子，从桌上捏起一张散牌的牌角。“你俩是一起的？”他语气温和地问。无需强求，他便能赢得对方的信任。

“是的。”乔治说，“相互有个照应。”他用大拇指指了指莱尼这边。“他脑子不聪明，可干活是把好手。是个好人，只是脑子笨点儿。我认识他很久了。”

斯林姆的眼睛看过乔治，便看向远处。“现在没多少人能结伴而行了，”他若有所思地说，“我也不知道怎么会成了这样。或许是这世界上的每个人都彼此戒备了。”

“有个熟悉的人作伴，还是挺好的。”乔治说。

一个强壮有力、肚子很大的人走了进来。他刚刚洗漱过，头上还往下滴着水。“嗨，斯林姆。”他说着停下了脚步，眼睛看着乔治和莱尼。

“这两个人是刚刚来的。”斯林姆介绍道。

“很高兴见到你们，”这位壮汉说，“我叫卡尔森。”

“我叫乔治·米尔顿，这位是莱尼·斯莫。”

“很高兴见到你们。”卡尔森再次说道，“可他一点儿也不小啊[①]。”对自己开的这个玩笑，他咯咯地笑出声来。“一点儿也不小。”他重复道，“我想着要问你呢，斯林姆——你的那只母狗怎么样了？今天早晨，我没见它在你的马车底下。”

“它昨晚下了狗崽，”斯林姆说，“下了九个。我溺死了四个。它养不活那么多的。”

“那还留下了五个，是吗？”

“是的，五个。我留下了五个大一点儿的。”

“你看它们是什么种类的狗？”

“不太清楚。”斯林姆说，“我觉得是牧羊犬吧。在它发情的那段时间里，在它周边的大多是牧羊犬。”

---

① 斯莫，英文原文是 Small，小写时是小的意思，这里大写用作了人名。

卡尔森接着问："嗯，五只小狗，你要把它们都留在身边吗？"

"还不知道，"斯林姆说，"我得先都养着，好让它们能喝到露露[①]的奶。"

此时，卡尔森说出了他的心事："喔，斯林姆，我一直在想着这么个事儿：坎迪的狗真是太老了，几乎都走不动了。浑身还发着臭味。每次它来过宿舍后的两三天里，我都能闻到它的那股味儿。为什么你不叫坎迪杀了他的狗，完了给他条小狗让他养呢？在一英里之外，我便能闻到它的臭味。它的牙齿全脱落了，眼也快瞎掉了，连东西也吃不了了。坎迪只好喂它牛奶。它别的什么东西也咬不动了。"

乔治一直目不转睛地瞧着斯林姆。外面突然响起了三角铁的敲击声，先慢后快，一直快到这敲击声浑然汇成了一片。它的停止跟它的敲响一样的突然。

"吃饭了。"卡尔森说。

外面，有一大群人闹哄哄地走了过去。

斯林姆不失庄重地慢慢站了起来。"你俩最好趁现在饭厅里刚开饭赶快去吧。几分钟后，饭就会被吃光的。"

卡尔森往后站了站，让斯林姆在前面，俩人一前一后地走出了宿舍。

莱尼激动地望着乔治，乔治把纸牌胡乱地摞了一下。"噢！"

---

① 露露是斯林姆的狗的名字。

乔治说，“我都听到了，莱尼。我会跟他要的。”

“要一条棕白花的小狗。”莱尼兴奋地喊道。

“走，去吃饭。噢，我不知道他有没有这样的一条花色狗。”

莱尼在床上没有动。“你这就去问他，乔治，免得他再杀死几条。”

“好的。快起来吃饭去。”

莱尼从床上下来后，俩人开始往门口走去。正要走出宿舍门时，柯利急匆匆地闯了进来。

“你们看见一个姑娘来过这里吗？”他气冲冲地问。

乔治冷淡地说：“她半小时前来过这里。”

“她到这里干什么？”

乔治静静地站在那里，望着这个火冒三丈的小个子男人。他不无嘲讽地说：“她说——她是在找你。”

柯利似乎是第一次真正地注意到了乔治。他的眼睛急速地扫过乔治的全身，打量着他的身高，目测着他出手的范围和他敏捷的腰身。“哦，她往哪个方向去了？”他最后问。

“我不知道，”乔治说，“她走的时候我没注意。”

柯利蹙着眉头看了看他，转过身急匆匆地走了。

乔治说：“你知道吗？莱尼，我担心自己会跟这个杂种干上架的。我从骨子里讨厌这个人。上帝啊！快走，再晚我们就什么也吃不到了。”

他们步出了门外。阳光在窗户下面洒下一道金线。不远处传来碗碟磕碰的声音。

不一会儿，那条老狗从开着的门一瘸一拐地走了进来，边走边用它那半瞎的眼睛（不失温和）四下张望，用鼻子嗅着，临了，它卧了下来，把头伏在了它的两只前爪中间。柯利又突然出现在门口，站在门外往里面窥探。狗抬起了头，可当柯利忽然又离开了，它的毛色斑白的头重又伏在了地板上。

尽管有傍晚的亮色从宿舍的窗户上透进来，可屋子里仍然显得昏暗。从开着的门那里，传进来马蹄铁投掷游戏的喧闹声，这中间有金属落地的当啷声响，有人们的喝彩或是讪笑声。

斯林姆和乔治一块儿走回黑乎乎的宿舍里。斯林姆摸黑到牌桌那里，打开一盏遮着锡铁罩子的电灯。刹那间桌子上照得亮晃晃的，这圆筒形的灯光直照到桌子周边的地板上，而房间的各个角落仍然在黑暗里。斯林姆坐在了桌边的一个箱子上，乔治坐到了他的对面。

“这没有什么的。”斯林姆说，“反正我也得把它们中的大多数都溺死。你不必为此谢我。”

乔治说：“这对你来说或许没有什么，可对莱尼却太重要啦。上帝啊！我真不知道怎么才能把他弄回到这里来睡觉。他会跟它们一起睡在谷仓里的。他会爬进那箱子里，跟狗待在一起，我们很难阻止得了他。”

“这真的没有什么。”斯林姆说，“对了，你之前说得一点儿没错。或许莱尼并不聪明，可我还从未见过一个像他这么能干活的人。他差点儿把扛麦包的搭档给累死。没有一个人能赶上他的速度。天啊，我从来没有见过这么强壮力大的人。”

乔治不无骄傲地说：“只要是无需动脑筋的事，你告诉莱尼去做，他一定会把它做好。他自己不知道该怎么做，但他绝对服从你的命令。”

外面又传来马蹄铁碰到铁棒上的声音和一阵喝彩声。

斯林姆稍稍往后靠了靠身子，让灯光不再照在他的脸上。“想起来挺有趣的，你和他怎么能到了一块儿呢？”这是斯林姆想和对方聊聊知心话的一种婉转的表达。

“这有什么有趣的？”乔治反问道，心里开始有所戒备。

“噢，我也说不好。现在几乎没有人结伴而行了。几乎再也看不到有两个人一起出来闯荡的。你也知道，那些帮工是怎么回事，他们只身来到一家农场，在宿舍里住下来，干上一个月，然后辞了工，就独自走了。似乎从来也没有在乎过别的什么人。像他这么傻的一个人，能和你这么精明的一个小个子结伴出行，难免让人觉得有趣。”

“他并没有那么傻，”乔治说，“他不肯说话，可他并没有疯掉。而我也并非那么聪明，否则的话，我就不必扛麦包，挣这五十块钱和食宿费了。如果我聪明，如果我稍稍精明一点儿的话，我就该有自己的一块地，收获自己的庄稼，而不是到处打零工，给别人收庄稼了。”乔治停了一下。他想有个说说话儿的人。斯林姆既没有鼓励，也没有想要去打断他，只是静静地坐在那里听着。

“我和他结伴而行这件事，并非像你所想的那么有趣。”乔治最后说道，“我和他都出生在奥本。我认识他的姨妈克莱拉。他打小就跟着他姨妈，是他姨妈把他养大的。在他姨妈死后，他便一直跟着我在外面打工。不久，我们俩就习惯在一起了。”

“嗯。”斯林姆说。

乔治望着对面的斯林姆，看见对方的那双能洞察一切的眼睛在平静地注视着自己。“有趣的是，”乔治说，“我和他在一起总能找到乐子。我总是开他的玩笑，因为他笨得连自己都照顾不了。他太笨啦，你开了他的玩笑，他甚至都不知道。有段时间我可开心了。和他在一起，便显得我自己他妈的太精明了。哦，他愿意做我吩咐他的任何事情。如果我告诉他去走悬崖，他也会去的。时间长了，就没有那么逗了。我跟他开玩笑，他从来也没有生过气。就算我揍他一顿，他也不会生气的。尽管他能用拳头打碎我身上的每根骨头，可他从来没有对我动过一个手指头。”乔治的语调里带上了忏悔的成分。“我来告诉你是什么使我停止这么做的吧。那一天，萨克拉门托的河岸上站着一群人。我想要个小聪明，就转身告诉站在我旁边的莱尼说：‘跳下去。’我话音刚落，他就跳下河去了。他根本不会游泳。在我们救他上来之前，他几乎快被淹死了。待我把他救上岸来，他却感激不尽，完全忘记了是我叫他跳下去的。噢，此后我便再也没有搞过那样的恶作剧。”

“他是个好人。”斯林姆说，“并不是人聪明了才能做好人。在我看来，有的时候恰恰相反。一个非常精明的人往往很难成为一个好人。”

乔治整理起桌上的散牌，又开始摆起接龙。外面响起了脚步声。在窗户那边，外面傍晚的亮色仍然能勾勒出四方窗户的轮廓。

“我没有别的亲人，”乔治说，“我看见来农场打工的人都是独自个儿。那样不好，他们没有一点儿乐趣。这样子一个人待得时间长了，他们就变得卑俗了，总想滋事打架。”

“是的，他们变得卑俗了。”斯林姆表示赞同，“他们渐渐变得不想跟任何人说话了。”

“当然啦，在很多时候，莱尼都是他妈的很烦人的，”乔治说，“可你一旦习惯了和一个人在一起时，你就离不开他了。”

“莱尼不卑俗。”斯林姆说，“我能看得出来，莱尼一点儿也不坏。”

“他当然不坏了。但他总是招来麻烦，因为他的脑子太笨了。比如说在威德发生的那件事……”他手中翻着一张牌，突然停住了。他脸上现出惊慌的神色，偷偷地望着斯林姆，“你不会告诉任何人的，是吗？”

“他在威德怎么了？”斯林姆平静地问。

“你不会告诉别人的，是吗？——你当然不会了。”

“他在威德怎么了？”斯林姆又问一次。

“哦，他看到一个穿红色连衣裙的女孩。他这个傻瓜蛋子见到他喜欢的东西，就想要去摸一摸。他只是想要摸一摸。于是，他伸出手去摸那件红色的连衣裙，那个女孩吓得尖叫起来，这让莱尼一下子慌了手脚，他死死地抓着那件连衣裙，因为他已不知道撒手。噢，那个女孩叫呀，叫呀，我听到叫声跑了过去，那个时候，莱尼已经不知所措，只知道拽着不撒手。我用根篱栅敲击他的头部，让他松手。他吓坏了，拽着那件连衣裙怎么也不松手。他他妈的比牛都壮，你知道。”

斯林姆的眼睛眨也不眨地直视着乔治，缓缓地点了点头问：“后来怎么样了？”

乔治认真地摆着纸牌。“噢，那个女孩已经被吓蒙了，她告警察说有人强奸她。威德当地的一帮人聚合起来要对莱尼动用私刑。所以，在那一天剩下的时间里，我俩都躲在了灌渠里。我们把脑袋露在渠水上面，头顶上有芦苇遮挡着。当天晚上，我们就跑出来了。”

斯林姆默默地坐了一会儿。“没有伤着那女孩吧？”他最后问。

“没有。他只是把她吓坏了。如果被他抓着的人是我，我也会吓坏的。不过，他绝对没有伤害到她。他只是想要摸摸那件红色的连衣裙，就像他总想要抚摸小狗一样。”

“他一点儿也不卑俗。”斯林姆说，“我远在一英里之外，就能看出一个人是否卑俗。”

“他当然不了，我告知他的任何事情，他都会……”

莱尼进了宿舍的门。他把他的蓝色外套像斗篷那样披在肩头，弓着身子走了过来。

“嗨，莱尼，”乔治说，“你喜欢那条小狗吗？”

莱尼喘着粗气说：“它是棕白花的，正是我喜欢的那一种。”说完他直接走到他的床那里，头冲着墙躺下，把两条腿弯曲了起来。

乔治一本正经地放下了手中的牌。“莱尼。”他声音严厉地叫。

莱尼扭过脖子，往乔治这边看着。

“喔，什么事，乔治?”

“我告诉过你，不能把小狗拿到这里来。”

“什么小狗，乔治? 我没有呀。”

乔治咚咚地走过来，抓住莱尼的肩膀，让他翻过身子。乔治伸出手，从他衣服下面，他的怀里，把小狗掏了出来。

莱尼一下子坐了起来。“把它给我，乔治。”

乔治说：“你马上起来，把小狗送回它的窝里。它得跟它的母亲睡在一起。你想把它弄死吗? 昨晚刚生下，你就把它从窝里抱了出来。你送它回去，不然的话，我让斯林姆跟你要回去这条狗。”

莱尼央求似的伸开双手说：“把它给我，乔治。我这就把它送回去。我没想伤害它，乔治。真的，我没想伤害它。我只是想摸摸它。”

乔治将小狗递给了他。“好吧，你现在就把它送回去，再也不要把它从窝里拿出来。否则的话，等你回过神来时，它已死在你的手里了。”莱尼拿着狗朝屋外跑去。

斯林姆坐着没有吭声。他平静地望着莱尼出了宿舍的门。“上帝啊，”他说，“他简直像个孩子，不是吗?”

“他就是像个孩子。像个小孩子一样，没有任何的坏心眼，除了他壮得像头牛之外。我敢打赌，他今晚不会回来睡觉了。他会睡在谷仓里那个放狗的箱子旁边。噢——随他去吧。他在那里不会作害的。”现在外面几乎全黑了下来。老坎迪，那个清扫工，走了进来，往他的床那边去，他的那条老狗踉跄地跟在他后面。“喂，斯林姆，乔治，你们没去玩投掷马蹄铁的游戏吗？”

“我不想每天都玩那个。”斯林姆说。

坎迪接着说：“你们谁有威士忌？我肚子疼。”

“我这儿没有。”斯林姆说，“要有我自己早喝了。再说，我也没有肚子疼。”

“肚子疼得厉害，”坎迪说，“都怪那该死的萝卜，吃它之前，我就知道会是这样。”

壮汉卡尔森从黑下来的院子里走进来，到了屋子的另一头，打开了宿舍里第二盏遮有罩子的灯。“屋子里真黑，”他说，“噢，那个黑鬼可真会扔马蹄铁。”

“他的投掷技术是很棒。”斯林姆说。

“是他妈的不错，”卡尔森说，“他不给其他任何人一个赢的机会……”他突然停下了，用鼻子一个劲儿地嗅着，低头看到了那条老狗，“天啊，这狗真臭。把它弄出去，坎迪！再也没有比这条老狗更臭的东西了，快把它弄出去。”

坎迪翻了个身，挨到床沿这边。他探出手去拍拍他的老狗，不无抱歉地说：“我总跟它在一起，所以闻不出它身上的味儿了。”

“我可受不了它在这儿。”卡尔森说，“这臭味在它离开后仍然留在屋子里。”他迈着两条粗腿，来到狗这里低头看着它。“连牙也没有了，”他说，“它患的风湿病使得它四肢僵硬。它对你真的没用了，坎迪。它活得也难受。你为什么不用枪了结了它呢，坎迪？”

老人的身体在床上不安地蠕动着。“喔——真是见着鬼了！它跟了我这么多年了。从它还是个小狗崽，我就养着它了。它跟我一块儿放羊。”他不无骄傲地说，“你现在看它，觉得它不怎么样了，可当年它却是我所见过的最好的牧羊犬。”

乔治说：“我在威德见有人养过一条会放羊的梗犬，它是从别的狗那里学会这本领的。”

卡尔森并未就此罢休。“你看，坎迪，它自己活着也受罪。如果把它领出去，贴着它的脑袋后面开一枪……”他俯下身子，指着狗的后脑勺，“就是这个地方，它会走得毫无痛苦的。”

坎迪不悦地往四下望了望。“不，”他轻声说，“不，我下不了手。它跟我在一起的时间太长了。”

“它活得已经没意思了，”卡尔森说，“它臭气熏天。我跟你说，我会代你杀掉它。这样的话，它的死就与你无关了。”

坎迪把两条腿耷拉在床前，不住地搔着他脸颊上的白胡子茬儿。“我跟它相处的时间太久了，”他轻声说，“从小狗崽就养着它了。”

“是的，可你这样让它活着，对它好吗？”卡尔森说，“哦，斯林姆的狗下了一窝小崽。我敢打赌斯林姆会给你一只让你养的，对吗，斯林姆？”

骡夫领队一直平静地看着那条老狗。“是的，”他说，“如果你想要，就给你一只。”他似乎在从他的沉静中挣脱出来。“卡尔森是对的，坎迪。这条老狗活着对它自己都没有任何好处了。要是我老了，腿也瘸了，我宁愿让人拿枪打死我。”

坎迪有些绝望地望着斯林姆，因为他的意见就是法令。“或许，它会觉得痛的。”坎迪说，“我不介意继续养着它。”

卡尔森说：“我射击它时，不会让它感到痛的。我会把子弹直接射进这儿，”他用脚趾头指了一下，“射进它的后脑壳里。它连抖也不会抖一下的。”

坎迪求助似的从一张脸看到另一张脸。现在外面完全黑了下来。一个叫惠特的年轻工人走了进来。他有点儿塌的肩膀向前倾着，脚后跟着地用力，好像还扛着一个看不见的粮包似的。他走到自己的床前，把头枕在木架上，顺便从架子上拿起一本低俗刊物，把刊物往桌上的灯前凑了凑。“我给你看过这个吗，斯林姆？”他问。

“看过什么？”

惠特翻到刊物的背面，把它放到桌子上，用手指着说：“你读读这一段。”斯林姆俯过身子去看。“你念吧，”这位年轻人说，“把它大声念出来。”

“‘亲爱的编辑：’”斯林姆慢慢地读着，“‘我看你们的刊物已经六年了，我觉得它是市面上最好的刊物。我喜欢彼得·兰德写的故事。我认为他是一个奇才。希望有更多的像《黑色骑士》这样的好故事出现在咱们的杂志上。我并不常写信。只是想要告诉你们，你们的刊物是我花钱花得最值的。’”

斯林姆有些疑惑地抬起头来。“你为什么让我读这段文字呢？”

惠特说：“你再往下看，读底下的署名。”

斯林姆读着：“‘祝你成功，威廉·谭纳。’”他又不解地抬起头来看着惠特。“你为什么让我读这个名字呢？”

惠特煞是庄重地合上了杂志。“难道你不记得比尔·谭纳了吗？三个月前，曾在这里干过。”

斯林姆思忖着。“是那个小个子吗？”他问，“那个驾驶耕机的？”

“你说对了，”惠特喊，“就是他。”

“你认为是他给杂志社写了这封信？”

“是的。有一天，我和比尔在宿舍里。比尔刚拿到一本新杂志。他一边翻着里面的内容寻找着什么，一边说：‘我给杂志社写了一封信。不知道他们登出来了没有！’可信没有刊登在那本杂志里。比尔说：‘或许，他们会在下面几期中登出来的。’真是这样。这一期他们给登了。”

“敢情你是对的，”斯林姆说，“真的被登出来了。”乔治伸手去拿那本杂志。“让我看一下。”

惠特又翻回到刚才的地方，可并没有把杂志给乔治。他用食指指着给乔治看了看那封信，然后回到自己床前，重新把杂志在木架上放好。“我不知道比尔看到他写的这封信了没有。”他说，“我和比尔一块儿在豌豆地干活，一起开耕机。比尔是个好小伙。”

在这席谈话中间，卡尔森始终保持着沉默。他的眼睛一直没有离开过那条老狗。坎迪不安地注视着他。临了，卡尔森终于开口道："如果你同意让我做，我将帮这个老东西解除痛苦，叫它不再受这份罪。它活着已经没有任何意义——东西不能吃，眼睛看不见，四肢僵直疼痛得难以走路。"

坎迪存着侥幸说："你没有枪。"

"谁说没有。我有把鲁格手枪。它一点儿也不会感到痛的。"

坎迪说："明天吧。让我们等到明天再说。"

"没必要等到明天。"卡尔森说。他走到他的床铺前，从床底下拿出一个包，从中掏出一把手枪。"让我们把它结果了吧。"他说，"它在这里，臭得大家都不能睡觉。"他把手枪装进了口袋里。

有好大一会儿，坎迪都在看着斯林姆，想从他这里得到对狗赦免的指令。斯林姆并没有这么做。最后，无助的坎迪只好绝望地咕哝道："好吧——带它走吧。"他没有再低头看看他的狗，便躺回到床上，把两只手交叠着放在头下面，眼睛直愣愣地盯着天花板。

卡尔森从口袋里取出一根皮带，俯下身把它系到老狗的脖子上。除了坎迪，屋里所有的人都在瞧着卡尔森。"走吧，老伙计，走吧。"他轻声地说。然后，他对坎迪抱歉地说："它不会感到一丁点儿痛的。"坎迪躺着没动，也没吱声。卡尔森扯了扯拴狗的皮带说："走吧，老伙计。"老狗缓慢地支起它那僵硬的四肢，随着轻轻拽它的皮带走了出去。

斯林姆喊了一声："卡尔森。"

"呃？"

"你知道该怎么做吧？"

"什么意思，斯林姆？"

"带上把铁锹。"斯林姆简要地说。

"噢，一定！我明白你的意思了。"卡尔森领着狗走进茫茫的黑暗中。

乔治跟着走到门口，关上门，轻轻插上了门闩。坎迪直挺挺地躺在床上，眼睛望着天花板。

少顷，斯林姆大声地说："领队的骡子有只铁蹄坏了，得敷些沥青上去。"卡尔森的脚步声渐渐远去。外面的静谧蔓延到屋内。宿舍里安静极了。

后来，是乔治咯咯地笑出声来："我敢打赌，莱尼现在一定在谷仓，和他的小狗在一起。有了小狗，他就不想再回到这里来了。"

斯林姆说："坎迪，如果你想要，就去挑上一只。"

坎迪没有吭声。寂静又一次降临到屋子里。它源自夜晚，侵入到屋里来。乔治说："有人想玩尤克牌[①]吗？"

"我来跟你玩两把。"惠特说。

他们俩面对面地坐在了有灯照着的桌子旁边，可乔治并没有

---

① 尤克牌是起源于德国的牌类游戏，是19世纪末美国最流行的家庭牌战游戏。纸牌有4种花色，每种花色8张，共32张。各花色牌按高低排列为：A、K、Q、J、10、9、8、7。其中王牌花色的J为最大王牌，称右王牌，同一颜色另一种花色的J为次王牌，称左王牌。

洗牌。他只是有些忐忑地用手拂过牌叠的侧面，由此发出的清脆响声吸引了大家的目光，于是他停止了洗牌。寂静又重新降临到屋子里。时间一分一分地过去。坎迪仍然躺在那里，眼睛望着天花板。斯林姆盯着他看了一会儿，然后瞧着自己的手，他用一只手抚了抚另一只手，随后让它们交叠在了一起。从地板下面传出一阵咯吱咯吱的声音，所有的人像得到一根救命稻草似的，都低下眼睛去看。只有坎迪仍旧盯着天花板。

“听上去像是有只老鼠在咬什么东西。”乔治说，“该在下面那个地方放个老鼠夹。”

惠特突然说道：“这么长时间了，他怎么还不回来。你发牌呀，干吗停下了？你这样我们还怎么玩呢？”

乔治把牌拢了起来，抓在手中，看着牌的背面。屋子里又静了下来。

远处传来一声枪响。人们都很快转过头，把目光落在了坎迪身上。

坎迪在盯着天花板又看了一会儿后，慢慢地翻了个身，脸对着墙，静静地躺着。

在很响地洗了一阵子牌后，乔治开始发牌。惠特拉过计分板，把木钉放回到原位。惠特说：“我觉得，你们两个来这里，是真正干活的。”

“你这是啥意思？”

惠特笑了起来。“嘿，你们是星期五来的。在星期天到来之前，你们还可以干两天的活。”

“我不明白你的意思。”

惠特又笑了起来。“如果你们是一直在周边的大农场里做活的，那你就会明白。那些只是想去一个农场看看的人，往往会在星期六下午过来。这样他能吃上农场星期六的晚饭和星期天的三顿饭，在吃过星期一的早饭后，他们便会扬长而去。而你们是星期五中午到的。不管你们是怎么打算的，在星期天休息日之前，至少得工作上一天半。”

乔治不动声色地看着他。“我们会在这儿干上一段时间的。”他说，“我和莱尼打算攒点钱。”

宿舍的门开了，马夫把头探了进来，一颗黑人的瘦脑袋，满脸的皱纹，一双饱经风霜的眼睛。“斯林姆先生。”

斯林姆移开了投在坎迪身上的目光。“喔，嗨！卡鲁克斯。有事吗？”

“你告诉我把沥青烧热，现在它热了。”

“噢，好的，卡鲁克斯，我这就去给骡子铁蹄涂上沥青。”

“如果你愿意，我可以替你做，斯林姆先生。”

“不用。我自己去。”说着他站了起来。

卡鲁克斯又说：“斯林姆先生。”

“嗯？”

“那个新来的大块头在谷仓里鼓弄你的小狗。”

“哦，他不会作害的。我已给了他一只。”

“我只是觉得我应该告诉你一声。”卡鲁克斯说，“他把它们从窝里拿出来，然后在那里摆弄它们。这对狗崽不好的。”

“他不会伤害它们的。”斯林姆说，“我现在就跟你一块走。”

这时乔治抬起头来说：“斯林姆，要是这个傻瓜蛋子在那里搅害，你就把他踢出去。”

斯林姆跟着马夫卡鲁克斯走出了屋子。

乔治发牌，惠特拿起自己的牌逐张看着。“见过新来的那个女孩了吗？”他问。

“哪个女孩？”

“噢，就是柯利刚过门的媳妇呀。”

“哦，见过了。”

“喔，她漂亮吗？”

“我没有细看过她。”乔治说。

惠特为说下面的话，特意放下了手中的牌。“把你的眼睛睁大了看就好了。你能看到不少的。她并不像有的女孩那样爱藏着掖着，我还从来没有见过谁像她那样。她的眼睛总是滴溜溜地转啊转啊，对任何一个男人她都想要瞟上几眼。我敢打赌，她甚至会向那个黑人马夫递媚眼。我真不知道她到底想干什么。”

乔治不经意地问：“自她来到这儿，出过什么事吗？”

很显然，惠特现在的兴趣不在打牌上。他放下了手中的牌，乔治把它们拢在一起，又摆成接龙：第一行七张牌，上面摞上了六张，六张上面又摞了五张。

惠特说：“我知道你是什么意思。不，到现在为止，还没有发生过什么事。柯利像是抽屉里飞进只黄蜂似的，整日坐立不安，不过也仅此而已。只要是有男人的地方，就会有她出现。她总是借口说她在找柯利，或是在找她落下的什么东西。她好像就离不开男人似的。柯利像只热锅上的蚂蚁一样，只是暂时还没有出什么事。”

乔治说：“她就要制造出麻烦来了。男人们会因为她而闹出乱子。她是条美女蛇，很快会有人上套的。柯利这是自作自受。农场里都是大老爷们，不适合女孩子待的，尤其是像她那样的女孩。”

惠特说：“你要是这么有想法，明晚就该和我们一块儿进城去。”

“喔，去干什么？”

“像往常一样，去老苏西那里。那是个玩乐的好地方。老苏西这人挺逗，爱开玩笑。上个星期六晚上，我们去她那里，在她为我们打开门时，她回头冲着屋里面喊：‘姑娘们，快穿上外套吧，治安官先生们来了。’她从不讲脏话。她店里有五个姑娘。”

“要花多少钱？”

“两块五。出两毛五只能喝到一杯啤酒。苏西那里的椅子坐着很舒服。如果你不想找女孩，尽可以坐在椅子上喝上几杯，来打发时间，对此苏西并不会介意。她不会因为你不在那里找姑娘就要你走，或者撵你出去。”

“可以去看看。”乔治说。

“好啊，咱们一块去，会过得很快活的——她的笑话多得讲也讲不完。有一次，她跟我们讲：‘有的人在地板上铺了块破毯子，在留声机上摆了个丘比娃娃台灯，就以为自家有高级客厅了。’她这是指克莱拉开的店。苏西说：‘我知道你们这些年轻人想要什么。’她说：‘我的姑娘们都干净着呢。’她说：‘而且，在我的威士忌酒里不会掺水。’她说：‘如果你们想要看丘比台灯，不怕自己染上一身病，你们知道你们该去哪里。’她还说：‘在这附近，有些人走路是罗圈腿，因为他们想要看看丘比台灯是什么样子。’”

乔治问：“这个叫克莱拉的人是开着另一家店吗？”

“是的。”惠特说，“我们从未去过那边。克莱拉那里干一次要三块钱，一杯啤酒要三毛五，她也不会讲笑话。而苏西这边很干净，摆着九把椅子，也不让愣小子们进去。”

“我和莱尼在攒钱，”乔治说，“我去了可以坐在那儿喝杯啤酒，不花两块五找姑娘。”

“嗯，一个人有的时候是需要找些乐子的。”惠特说。

宿舍的门开了，莱尼和卡尔森一块儿走了进来。莱尼悄悄地上床坐下，不想引起别人的注意。卡尔森从床底下取出他的包。他的眼睛没有向老坎迪那边看，坎迪仍是面冲着墙壁躺着。卡尔森从包里拿出一根通条和一小罐油。他把它们放到床上后，便掏出口袋里的手枪，取出弹盒，退出了弹夹。随后，他开始用通条清洁枪膛。在枪喀啦一声退膛时，坎迪转过身来朝那支手枪看了一会儿，然后又把头扭回到墙那边。

卡尔森随意问了一句：“柯利来过吗？”

“没有。”惠特说，“柯利怎么啦？”

卡尔森眯缝着眼睛瞧着枪膛里面。“找他老婆呗。我看见他一直在这外面转悠呢。”

惠特不无嘲讽地说：“柯利有一半的时间在找他老婆，而他老婆又有一半的时间在找他。”

正在这时，柯利情绪激动地闯了进来。“你们有谁见过我老婆吗？”他语气有点儿咄咄逼人地问。

“她不在这里。”惠特说。

柯利气汹汹地搜看着房间。“斯林姆去哪儿了？”

“去谷仓了，”乔治说，“他去给骡子开裂的蹄子敷沥青。”

柯利耸了几下他的肩膀说：“他走多久了？”

“五到十分钟吧。”

柯利三步并作两步地出了屋子，砰的一声碰上了身后的门。

惠特站了起来。“我想去看看，”他说，“看来柯利已经气急败坏了，否则的话，他不至于去找斯林姆的。柯利身手敏捷，身手了得，曾进入黄金拳王赛的决赛。他把报上的这条消息剪下来收藏着。可尽管如此，他最好还是离斯林姆远一点儿。谁也不知道斯林姆会使出什么绝招来。”

“他以为斯林姆跟他老婆在一起，是吗？”乔治问。

“好像是，”惠特说“当然啦，斯林姆不会。至少我认为斯林姆是不会这么做的。不过，真有什么事发生的话，我是喜欢看看热闹的。走，去看看。”

乔治说：“我就待在这儿，哪儿也不去。我不想卷进这种事情里去。我和莱尼要攒点儿钱。”

卡尔森擦完枪，将它放进包里，然后把包推回到床铺底下。

“我也出去看看。”他说。老坎迪依然静静地躺着，在床上的莱尼小心翼翼地望着乔治这边。

惠特和卡尔森一出去，门又关上了，乔治转过身来对着莱尼说：“你脑子里又在琢磨什么呢？”

“我什么也没做，乔治。斯林姆说，我最好不要老去摸那些小狗，所以，我就回来了。我一直很乖的，乔治。”

“这也是我要跟你讲的。”乔治说。

“哦，我没有伤害它们。我只是把给我的那条小狗放在腿上抚摸来着。”

乔治问：“你在谷仓见到斯林姆了吗？”

“见到了。他叫我最好不要再摸那条小狗了。”

“你看见那个女人了吗？”

“你是说柯利的女人？”

“是的。她去过谷仓吗？”

“没有。我从来没有在那里见过她。”

“你没看到斯林姆跟她说话？”

“嗯。她不在谷仓里。”

“好的。”乔治说，“我想，那就别想看打架了。如果有人打架，你就赶紧躲开。”

“我不想打架。”莱尼说。他从床上起来，到了桌子这里，坐在乔治的对面。乔治几乎是下意识地洗了洗牌，然后摆起了接龙。他慢慢地摆着牌，一副心事重重的样子。

莱尼拿起一张上面有头像的牌看着，随后，又把它倒过来看着。“从两面看都一样。”他说，“乔治，为什么从两面看它都一样呢？”

“我不知道。”乔治说，“扑克牌就是这么设计的。你在谷仓见到斯林姆时，他在做什么？”

“斯林姆？”

“是呀。你在谷仓见过他，他叫你不要一直摸狗崽。”

“噢，是的。他拿着一个装着沥青的罐子和一把刷子。我不知道他这是要干什么。”

“你肯定那个女孩没有去谷仓，就像她今天曾经来过这儿一样。”

“没有。绝对没有。”

乔治叹了口气说：“只要是好点儿的妓院，男人们尽可以进去醉酒、找乐子，把心里的闷气和身体里的东西一下子排干净，而不会招来什么麻烦。他知道他得付多少钱。可这儿的美女蛇却可能让人住进监狱。”

莱尼恭敬地听乔治讲，嘴唇默默地动着，好跟上乔治的思路。乔治继续说道：“你记得安迪·喀什曼吗，莱尼？她上过语法学校。”

“你是说常常给孩子们做热烧饼的那个老妇人。”莱尼问。

“是的。就是她。只要是跟吃的有关的，你都能记得。”乔治仔细地看着摆出的接龙。他在得分的那一摞上放了张 A，又在它上面放上了方块二、三、四。“就因为一个荡妇，安迪现在还在圣昆丁州立监狱里待着呢。”乔治说。

莱尼用手指敲着桌子。“乔治？”

“嗯？”

“乔治，我们还得要多长时间才能有自己的一个地方？有自己的地——有兔子？”

“我不知道。”乔治说，“我们得一起攒上一笔钱。我知道一个不大的地儿，我们可以较便宜地买到手。只是人家不会白白送咱们。”

老坎迪慢慢地转过身来。他睁大了眼睛看着乔治。

莱尼说：“给我讲讲那个地方，乔治。”

“我昨晚才说给你听。”

“讲嘛——再讲讲，乔治。”

“哦，那个地方大约有十公顷①，”乔治说，“有一架小风车、一间小木屋，还有厨房、鸡舍。有果园，果园里种着樱桃树、苹果树、梨树、杏树、核桃树和几棵草莓。还有一块地种着苜蓿，是水浇地。有一个猪圈……”

“讲兔子，乔治。”

“现在还没有放兔子的地方，不过，编上几个兔笼子并不费事，你可以喂它们苜蓿吃。”

“没问题，我可以的。”莱尼说，“你说得没错，我行的。”

乔治摆接龙的手停了下来，他的声音里逐渐融入热情。“我们可以养上几头猪，造一个以前爷爷家里用的那样的熏炉，宰了

---

① 面积单位。1 公顷≈ 10000 平方米。

猪后我们可以自己熏肉、熏火腿、做香肠什么的。大马哈鱼来到河的上游时，我们可以捕到上百条的大马哈鱼，将它们用盐腌制或者烧烤。我们可以在早饭时吃它们。再也没有比烧烤的大马哈鱼更美味的了。在水果下来的时候，我们可以把它们制作成罐头——还有西红柿做成罐头也不难。每到星期天，就杀个鸡或是兔子吃。或许，我们还应该养上一头牛或者山羊，挤出来的奶上面都是奶油，用刀子才能切得开，用勺子才能挖出来。"

莱尼睁大了眼睛看着他，老坎迪也注视着他。莱尼轻轻地呢喃着："咱们靠地过日子。"

"没错。"乔治说，"我们的园子里有各种各样的蔬菜，要是我们想喝威士忌了，可以卖掉几颗鸡蛋，或是一些牛奶。我们的家在那里，我们属于那里。我们不用再到处漂泊、吃日本厨师做的饭了。用不着了，因为我们有了自己的家园，再也不用睡人多眼杂的宿舍了。"

"说说我们的房子，乔治。"莱尼央求着。

"好的，我们有所自己的小房子，有自己的卧室。有个铁火炉子，冬天的时候，我们会给炉子生上火。耕种的面积不大，我们无需累死累活地干。一天工作上六七个小时差不多就够了。我们不必一天十一个小时地扛麦包。我们收割自己种的庄稼。我们想吃什么，就种什么。"

"还有兔子。"莱尼热切地说，"让我来照看它们。告诉我怎么做，乔治。"

"好的，你需要带上一个口袋，去到苜蓿地里。把割下的苜蓿装在袋子里背回来，放进兔笼里。”

“兔子会啃着吃苜蓿，一点儿一点儿地啃着吃。”莱尼说，“我知道它们怎么吃，我见过它们吃东西。”

“大约过六个星期之后，”乔治继续讲道，“它们就会生下一窝一窝的小兔子，所以我们有足够的兔子用来吃、用来卖。我们要养上一些鸽子，让它们盘桓着风车飞翔，就像我小时候看到的那样。”他望过莱尼的头顶，入神地看着对面的墙壁，“这一切都是我们自己的，谁也不能解雇我们。如果我们不喜欢谁，我们可以叫他滚蛋，而他也就得乖乖地走人。如果是朋友来了，我们有多余的床铺，我们会对他说：‘为什么不留下来过夜呢？’他呀，就一定会留下来。我们要养条塞特犬，养几只花色的猫，不过，你得看住那些猫，不让它们把小兔子吃了。”

莱尼喘着粗气说道：“你让它们试着去动动兔子，我非把它们的脑袋拧下来不可。我会……我会用根棍子打得它们皮开肉绽。”他的声音低了下来，变成了自言自语的嘟囔，对那些将来胆敢吃兔子的猫斥责着。

乔治坐在那里，陶醉在自己所描绘的图景中。

此时，坎迪突然开口了，把乔治和莱尼两个人都惊了一跳，像是做什么坏事被人看见了一样。只听坎迪说：“你们知道在哪儿有像你们刚才所描述的地方？”

乔治马上警觉起来。“如果我知道呢，”他说，“这与你有什么关系呢？”

“你不必告诉我在哪里。它在哪里都行的。”

“对呀，”乔治说，“说得没错。就是用一百年，你也找不着。”

坎迪兴奋地问：“像这样一个地方，他们要多少钱呢？”

乔治用怀疑的眼神望着他。“哦——我可以用六百块就买下这个地方。拥有这块地的人是一对很穷的老夫妻，他年迈的妻子病了，需要钱做手术。喂，我说——这和你有什么关系呢？你跟我们毫不相干。”

坎迪说：“我只有一只手，干不了什么活儿了。就是在这个农场，我断掉了一只手。所以他们留下了我，派给我个清扫的活儿。因为我失去一只手，他们给了我二百五十块钱。到现在，我又积攒着存了五十块。这就是三百块钱了。到这个月底，我还能再挣到五十块。我想跟你们说……”他急切地俯过身来，“要是我也加入进来，那么，我就能给你们添上三百五十块钱。我做不了什么活了，但是我能做饭，喂喂小鸡，锄锄园子里的地。你们看怎么样？”

乔治半闭起眼睛思忖着。“且容我想一想。我们一直盘算着是自己做的。”

坎迪打断了他的话。“我愿意立个遗嘱，死后把我的这一份全留给你们，因为我没有什么亲戚朋友。你们有钱吗？兴许咱们现在就能买下那块地了？”

乔治往地板上唾了一口。“我们两个他妈的一共才有十块钱。”然后，他想了想说，“哦，如果我俩干上一个月，什么钱也不花，就能有一百块。那就是四百五十块了。我敢打赌，用这些钱能说服老两口把地先给我们的。然后，你和莱尼就先过去张罗着，我再找份工，把剩下的钱给人家补上，你们还可以卖鸡蛋什么的，挣点儿收入。”

有一阵子，他们没有说话，彼此相互看着，都有一种说不出的惊讶。他们以前从未敢真正相信过的事情，眼看着就要实现了。乔治满怀虔诚地说：“上帝啊！我打赌，我们能成。”他的眸子里充满了惊奇。“我打赌，我们能成。”他轻声地重复着。

坎迪坐在床边，不安地搔着他的断腕。“四年前，我断了手。”他说，“他们很快会辞掉我的，我一旦扫不了宿舍，他们就会让我去领救济金。我把我的钱给了你们，等我干不动了，或许你们还能让我在园子里锄锄地、洗洗碗、喂喂鸡。那样，我是在自己的家、自己的地方干活了。”临了，他满含着痛苦说：“你们今晚也看到了，他们对我的狗做了什么？他们说，我的狗活着对己对人都没有任何用处了。在他们把我从这儿辞掉以后，我真希望有人开枪打死我算了。可他们不会这么做的。我将没有地方可去，没有活儿可干。在你们俩下个月要辞工的时候，我还可以再得到三十块钱。”

乔治站了起来。“就这么办，”他说，“我们将买下那一小块地方，在那里过我们自己的生活。”说着他又坐下了。三个人静静地待着，都被这美好的愿景吸引了。每个人的脑子都在想象着这梦想成真以后的幸福生活。

乔治带着惊叹的语气说：“要是镇上来了马戏团，或是有狂欢节，或是球赛什么的。”老坎迪点头表示着赞同。“我们尽可以去看，”乔治说，“我们不需要问任何人，我们是否能去。只要说一句：‘咱们去看吧。’然后就去了。只要给牛挤了奶，给鸡撒了谷子吃，我们便能动身去看了。”

“还得给兔笼子里放些草。”莱尼插进来说，“我怎么也不会忘记喂它们的。我们什么时候才能离开这里呢，乔治？”

“一个月以后。”乔治说，“再过整整一个月。你知道我打算怎么做吗？我这就给这对老夫妻俩写信，告诉他们我们要买下他们的那块地方了。让坎迪先汇上一百元作为定金。”

“行，没有问题。”坎迪说，“他们的炉子好吗？”

“不错的。可以烧煤，也可以烧木头。”

“我将带上我的小狗。”莱尼说，“我敢打赌，它会喜欢那儿的。”

外面的说话声渐渐离得近了。乔治赶忙说：“这件事不要告诉任何人。只有我们三个人知道。他们会解雇我们的，那样我们就攒不下钱了。我们要继续装出在这里扛一辈子麦包的样子，然后，突然有一天，领到了工钱，我们就走人，”

莱尼和坎迪高兴得咧嘴笑着，不住地点着头。“不告诉任何人。”莱尼对自己说。

坎迪说：“乔治。”

“嗯？”

“我应该自己用枪打死我的狗来着，乔治。我不应该让一个陌生人打死它。”

门开了。斯林姆走了进来，后面跟着柯利、卡尔森和惠特。斯林姆的手上沾着沥青，他的眉头紧蹙着。柯利紧跟在他的身旁。

柯利说：“喔，我并没有什么别的意思，斯林姆，我只是问问你而已。”

斯林姆说：“噢，你老是这么问我。问得我都烦透了。如果你连自己的婆娘都看管不了，你还指望我去帮你吗？你离我远点。”

“我这不是一直在跟你说，我并没有别的意思吗？”柯利说，“我只是想，你也许见过她。”

“为什么你不告诉她就他妈的待在她该待的地方，待在她的家里呢？”卡尔森说，“你让她在这农工宿舍的附近到处转悠，很快就会给你惹出麻烦的，到时候，恐怕你后悔都来不及。”

柯利一下子冲卡尔森转过身来。“你不要多管闲事，如果你不想跟我出去单挑的话。”

卡尔森大声地笑了起来。“你他妈的就是个孬种，”他说，“你本想是唬住斯林姆的，可你做不到。反倒是自己下了软蛋。你骨头软得像是青蛙的肚皮似的。我才不在乎你是什么县里最棒的摔跤手呢，只要你敢动我，我就他妈的把你的脑袋给踢下来。”

坎迪也借机开心地奚落起柯利来。“手套里涂的都是凡士林。”他不无厌恶地说。柯利瞪了他一眼。随后，柯利的眼睛扫到了莱尼身上，此时的莱尼仍然笑眯眯地沉浸在刚才那一快乐的憧憬中。

柯利像只梗犬一样，一步跨到了莱尼的面前。“你他妈的在笑什么？”

莱尼一脸茫然地望着他。“怎么了？”

此时，柯利的怒气突然爆发了。“来，你这个大块头的杂种。站起来。你这个狗娘养的傻大个子，胆敢笑话我。让我来告诉你谁才是胆小鬼。”

无奈之下，莱尼看着乔治，临了，他站起来，想往后退。柯利稳稳地站住，摆好姿势，先是挥了一下他的左拳，然后用右拳狠狠地砸在了莱尼的鼻子上。莱尼吓得大叫了一声。鲜血顿时从他的鼻子里涌了出来。“乔治，”莱尼喊着，“叫他不要打我，乔治。”他边喊边退，直到退得抵住了墙，柯利紧追不舍，用拳击打着他的脸部。莱尼的手此时仍放在他的两侧，他吓得竟然不知道用手去护住自己的脸。

乔治站了起来，大声喊道：“抓住他，莱尼，别叫他打你。”

莱尼将他巨大的手掌捂在了脸上，大声地哀求着：“叫他停下来，乔治。”此时柯利又冲他的肚子上打了一拳，止住了他的叫声。

斯林姆跳了起来。“卑鄙小人，”他喊着，“让我来教训他。”

乔治伸手拦住了斯林姆。“等一下。”他说。随即他把两只手拢在嘴边，大声喊着：“揍他，莱尼！”

就在柯利的拳头抡过来的时候，莱尼一把抓住了它。下一秒钟，柯利就像吊在鱼钩上被拉出水面的鱼一样扭动着身体，他的拳头完全没入莱尼硕大的手掌里。乔治从屋子那边跑了过来。“放开他，莱尼，放开。”

可莱尼只是惊恐地看着这个被他捉住的不停扭动着的小个子男人。血顺着莱尼的脸颊流下来，一只眼睛因为被打出一道口子睁不开了。

乔治连连扇着莱尼的耳光，可莱尼仍然握着柯利的手不松开。此时的柯利面色苍白，痛得缩成了一团，他的挣扎也变得越来越弱。他站在那儿，开始哭了起来，他的拳头还被攥在莱尼巨大的手掌中。

乔治一遍又一遍地喊着："放开他的手，莱尼，放开。斯林姆，过来帮我一下，免得这家伙的两只手都废了。"

突然莱尼松开了他的手。他靠着墙蜷缩着蹲在那里。"是你叫我这么做的，乔治。"他痛苦地说。

柯利一屁股坐在地板上，惊诧地看着自己被捏碎了的手。斯林姆和卡尔森俯身查看着柯利的伤势。临了，斯林姆立起身子，不无惊骇地瞧着莱尼。"我们得带他去看看医生，"他说，"我觉得，他这只手上的骨头全断了。"

"我并不想，"莱尼哭喊着说，"我并不想伤害他。"

斯林姆说："卡尔森，你去把那辆运输马车备好。我们带他去索莱达治伤。"卡尔森急忙去了。斯林姆转过身来对着号啕不已的莱尼。"这不是你的错。"他说，"这是这个混蛋应得的报应。可上帝啊！他手上的骨头几乎全碎了。"斯林姆匆匆地出去，少顷端回来一小杯水。他把水杯贴到柯利的唇边。

乔治说："斯林姆，我们会被辞掉吗？我们需要这份工作攒点儿钱。柯利的父亲会现在就解雇我们吗？"

斯林姆跪蹲在柯利的身边，脸上露出揶揄的笑容。“你的手不会妨碍你听我说话吧？”他问，柯利点了点头。“那好，你现在听我说，”斯林姆接着说道，“我觉得，你不如说你的手是被机器弄伤的。如果你不把这件事告诉别人，我们谁也不会说。但是，要是你告诉了你父亲，把莱尼解雇了，那么，我们将把这件事公布于众，让所有的人都笑话你。”

“我不会说的。”柯利说。他的目光避开着莱尼。

外面响起了马车的车轮声。斯林姆把柯利扶了起来。“现在走吧。卡尔森用马车接你去看医生。”他搀着柯利出了屋子。马车的车轮声渐渐远去。不一会儿，斯林姆回到了宿舍里。他瞧着仍然畏缩地蹲在墙边的莱尼。“让我们看看你的手。”他说。

莱尼伸出了他的手。

“万能的上帝啊，我可不愿意把你给惹急了。”斯林姆说。

乔治插进话来说：“莱尼只是被吓坏了。”他解释道：“他不知道该怎么做了。我曾跟你们说过，谁也不要跟他打架。不，我想我只是告诉过坎迪。”

坎迪郑重其事地点了点头。“你确实这么说过，”坎迪说，“今天早晨，在柯利来过以后，你说：‘如果他知趣一点的话，最好别去惹莱尼。’你就是这么跟我说的。”

乔治转过身来对着莱尼。“这不是你的错，”他说，“你不必再害怕。你所做的，都是我让你做的。你最好还是去洗漱间，把脸洗干净了。你的脸上全是血。”

莱尼青肿的嘴角边浮出了笑容。“我不想惹麻烦。”他说完便向门口走去。可快要到了门口时，他转过身来说："乔治？"

"怎么啦？"

"我还能照看兔子吗，乔治？"

"当然可以啦。你并没有做错事。"

"我没有想要欺负谁，乔治。"

"好了，快滚去洗脸吧。"

管马厩的黑人叫卡鲁克斯，他住在马具间，这是一间靠着谷仓外墙搭建起来的小木屋。在小屋一边的墙上有一个四格方窗，另一侧有个很窄的木板门，通向谷仓。卡鲁克斯的睡床是一个长形的木箱，里面填满了稻草，在稻草上面铺着毯子。在紧靠窗户的墙面上，钉着一排木钉，上面挂着需要修理的马具和几条新皮子；在窗户下面有一条长凳，用来放加工皮革的工具，比如说弯刀、针、亚麻线团和一台手动的打铆机等。在木钉上还挂着一些零散的马具，一个裂开的马轭，里面填塞的马鬃露了出来，一个断了的颈轭，还有一根拖链，其表面的皮革已经开裂。在卡鲁克斯床头的墙上也有一个苹果箱做的架子，上面放了一堆的药瓶，有他自己用的，也有给马用的。此外，还有几块皮革皂，一个点漏用的沥青罐，刷子还插在罐子里面。在地板上散落着一些个人用品，因为这里就卡鲁克斯一个人，他可以随意放置他的东西；因为是个马夫，又是个瘸子，所以，他在这里比别人待得都更长久，他积攒的个人物品，要是靠他背，是怎么也背不走的。

卡鲁克斯有几双鞋子、一双长筒胶靴、一个大闹钟、一支单筒猎枪。他还有不少的书，包括一本翻烂了的词典和一本破损的《一九〇五年加利福尼亚民典法》。一些又破又旧的杂志和几本色情书籍摆在他床上方另做的一个架子上。有个钉子上还挂着一副看去很大的金边眼镜。

这间屋子干净、整洁，一是因为经常打扫，二是因为卡鲁克斯是个孤傲的人。他平时很少跟人交往，也不愿别人接近他。他的身体由于脊椎弯曲，已经向左边倾斜了，他的眼睛嵌在深深凹陷的眼窝里，因而衬得比常人的明亮。一道道深深的黑色皱纹刻在他瘦削的面庞上，薄薄的嘴唇，比脸部其他部位的颜色浅，因为身体上的苦痛，嘴唇常常紧闭着。

这是一个星期六的晚上。通过开着的屋门（通向谷仓），传来马蹄踢踏、马儿咀嚼草料和扯动辔头的响声。在这间黑人马夫的小屋里，一盏小小的电灯泡投下昏暗、黄色的光。

卡鲁克斯坐在床上，背后的衬衫从工装裤里扯了出来。他一只手拿着里面装镇痛剂的药瓶，一只手擦着脊椎。他不时地把几滴药水倒在粉红色的掌心里，然后把手伸到后背的衬衣下面去揉搓。他绷紧着背上的肌肉，身体微微有些颤栗。

莱尼不声不响地出现在开着的门那里，探头朝里面望着，他宽阔的肩膀几乎占满了整个门框。卡鲁克斯起先并没有看见他，可当他抬眼看见莱尼时，他的背挺直了，眉头也蹙了起来。他的手也从衬衣下面抽了出来。

莱尼无奈地笑着，想跟他拉拉近乎。

卡鲁克斯声色俱厉地说："你没有权利进我的屋子。这是我的房间。除了我，没有任何人可以进来。"

莱尼吸了一口气，他的笑容里多了些讨好的成分。"我什么也没干。”他说，“我只是过来看看我的小狗，顺路看见了你这儿的灯亮着。”他解释着。

“哼，我有点灯的权利。你走，离开我的房间。我到你们的宿舍不受欢迎，你在我这儿也不受欢迎。”

“你为什么在我们那里不受欢迎呢？”莱尼问。

“因为我是黑人。他们能在宿舍里玩牌，可我不能，因为我是黑人。他们说我身上臭。好了，我觉得你们每个人都很臭。”

莱尼无助地晃着他的两只大手。“每个人都进城去了。”他说，“斯林姆，乔治，所有的人都去了。乔治说我得乖乖地待在农场里，不能去惹麻烦。我看见你这里亮着灯。”

“嘿，那你想要干什么？”

“什么也不干——我看见你亮着灯。我原想我能进来坐一会儿。”

卡鲁克斯盯视着莱尼，他伸手从身后拿过眼镜，把它戴在了粉红色的耳朵上，继而又打量着莱尼。“我不知道你来谷仓到底干什么，”他抱怨道，“你又不是骡夫。一个扛粮包的人根本没有必要来谷仓。你不是骡夫。你跟这里的马匹毫无关系。”

“小狗。”莱尼重复道，“我来看我的小狗。”

“哦，那么，你就去看你的小狗呀。不要来一个你不受欢迎的地方。”

莱尼的笑容消失了。他往屋里迈了一步，随后好像记起了什么，又退回到了门口。“我看过它了。斯林姆说不能老是摸它。”

卡鲁克斯说：“你总是把它从窝里拿出来，我纳闷为什么老母狗不把它们挪个地方。”

“噢，这条母狗才不在乎呢。它并不反对我这么做。”莱尼又踏进到了屋子里。

卡鲁克斯蹙了蹙眉，可莱尼讨好的笑容让他不再坚持他的看法。“进来坐会儿吧，”卡鲁克斯说，“看来你是不愿出去，想要和我在这里待一会儿了，那你就索性坐上一会儿吧。”他的语调显得友好了许多。“所有的人都进城了，是吗？”

“是的，除了老坎迪。他坐在宿舍里，削着他的铅笔，削呀削的，在做计算。”

卡鲁克斯扶了扶他的眼镜。“做计算？坎迪在算什么呢？”

莱尼激动地说：“算兔子。”

“看你那傻样，”卡鲁克斯说，“傻得就像根木头一样。你说的是哪里的兔子？”

“是我们将要养的兔子。由我照看它们，给它们割草，给它们喂水。”

“真是够傻的。”卡鲁克斯说，“怪不得跟你结伴的那个人没有让你去。”

莱尼一点儿也没有在乎卡鲁克斯的话。“我说的是真话。我们就快有兔子了。我们将买上一小块地，靠地生活。”

卡鲁克斯在床上挪动了一下，好让自己坐得更舒服些。“你坐下吧，”他说，“坐在那个装钉子的桶上。”

莱尼弓着身子坐在了那个小桶上。“你以为我在说谎，”莱尼说，“可我没有，我说的每个字都是真的。不信，你问乔治。”

卡鲁克斯用粉红色的手掌托着他黑黑的下巴。“你跟乔治一块儿在外面打工，是吗？”

“是的。不管去哪里，我和他都在一块儿。”

卡鲁克斯继续说：“有的时候，你并不明白他说的话。是这样吗？”他把身子向前倾着，用深陷的眼睛看着莱尼。“是这样吗？”

“嗯……有的时候是。”

“他在那里说，而你却不明白他说的是什么？”

“嗯……有的时候是。可……也不总是这样。”

卡鲁克斯的身子向前倾到了床边。“我不是土生土长的南方黑人。”他说，“我出生在加利福尼亚州这边。我父亲有个约十公顷的养鸡场。也有白人的孩子到我们这边玩，有时候我也和他们一起出去，在他们中间有不少好孩子。我父亲不喜欢我跟他们玩。有很长一段时间，我都不能理解父亲为什么要这么做。不过现在我知道了。”他停顿了一下，待他再开口时，他的声音变得更加柔和了。“当时在方圆几里内，黑人就我们一家。现在我们这个农场也只有我一个黑人，就像在索莱达时只有我们一家一样。”他说着笑了起来。“如果我说了些什么，那也只是一个黑鬼说的话。”

莱尼问他：“你觉得这些小狗再有多长时间就能吃得住摸了？”

卡鲁克斯又大声笑了起来。“跟你聊天的人，不必担心你会出去四处翻话。这些小狗再长上几个星期就可以了。乔治把你摸透了。不管他说什么，反正你也听不懂。”他激动地向前倾着身子，“这只是一个黑鬼说的话，一个脊背有毛病的黑鬼。所以，不必把他的话当真，明白吗？反正我说的，你也记不住。这种事我见多了——一个人跟另一个人说话，对方是否在听，或者他是否听懂了，都不重要。他们是在说话，还是静静地坐着没有说话，都一样，没有什么区别。”他越说越激动，最后用手拍起了他的膝盖，“乔治可以给你讲古怪离奇的事情，那也没有关系。只是他自己说说而已，对你不会有任何影响。只要有个人跟他待在一起就够了。”他停了下来。

他的声音变得柔和，富于说服力。“假如乔治不再回来了，假如他离开了，再也不回来了，那个时候，你会怎么办呢？”

莱尼的注意力渐渐地转到了卡鲁克斯刚才的话上。“你说什么？”他诘问道。

“我说，假如乔治今晚去到城里后，就再也没有了音信。”卡鲁克斯为自己说出的这一连串的假设，竟有些得意起来。“假如真是这样。”他重复道。

“他不会这么做的。”莱尼喊道，“乔治不会做这种事情的。我和乔治在一起多少年了。他今晚会回来的……”可是，这一假设带给他的疑虑太大了。“难道你不认为他会回来吗？”

看到莱尼受疑虑折磨的样子，卡鲁克斯高兴得脸上放出光彩。“没有谁知道一个人会做出什么样的事情。”他若无其事地说，“让我们来假设，他想回来，可是回不来了。假设他被人杀了或是受伤了，再也回不来了。”

莱尼拼力想把他的思绪理清楚。“乔治不会出事的。”他重复道，“乔治做事很小心的。他是不会受伤的。他从来没有被弄伤过，因为他做事很小心。”

“哦，那么假如，只是假如他回不来了。那你怎么办呢？”

莱尼的脸因为担心和恐惧而起了褶皱。“我不知道。噢，可你这是在干什么呀？”他喊着，“你说得不对，乔治是不会受伤的。”

为了唬他，卡鲁克斯更是进一步地说：“要我来告诉你接下来会发生什么吗？人们会把你送进疯人院。他们会把你绑起来，像狗那样给你脖子里套上个项圈。”

莱尼眼睛里的光突然聚在了一起，眼神变得沉静而又疯狂。他站起来，恶狠狠地走向卡鲁克斯。“是谁要伤害乔治？”他质问道。

卡鲁克斯意识到了危险。为了躲避，他往床里面挪了挪。“我只是说假如，”他说，“乔治没有事的。他很快就会回来了。”

莱尼站了过来。“你干吗要这样的假设呢？不许任何人假设乔治会受伤。”

卡鲁克斯摘掉了眼镜。“坐下吧。”他说，“乔治好好的，没有事。”

莱尼喘着粗气，坐回到那只桶上。“不许任何人假设乔治会受伤。”他咕哝着。

卡鲁克斯轻声地安慰他道：“现在，你或许能明白了。你有乔治。你知道他一会儿就回来了。假如你一个亲人朋友也没有，假如你是个黑人，不能进到宿舍里去玩拉米牌[①]，你会是什么感觉呢？假如你得坐在这里，靠读书打发时间。当然啦，你可以玩投掷马蹄铁的游戏，可天黑以后你就只能坐在这儿看书了。书是没有什么用的，谁的身边……都需要有个人。”他喟叹道，“如果一个人没个伴儿，他会发疯的。那个伴儿是谁，并不重要，只要他和你在一起。我跟你说吧，”他几乎是喊了起来，“我跟你说吧，一个人太孤独了会生病的。”

“乔治一会儿就回来了。”莱尼担心地安慰着自己，“或许他已经回来了。我或许该去看看了。”

卡鲁克斯说：“我的本意不是要吓唬你。他会回来的。我刚才是说我自己。一个人每晚都孤独地坐在这里，或许是读些书，或许是想些事情什么的。有的时候，他有了一些心得，可是没有人告诉他，他的想法到底怎么样。假如他看到了一些事情，他也不知道这些事情是对还是错。他没有一个可以去问的人，问问他是怎么看这些事情的。他无法辨别。他没有可以用来衡量事物的一个标准。我在这儿见过不少的事。我没有喝醉。我不知道我是否困了。如果身边有个人告诉我，我确实是困了，那么，也就没事了。可我不知道啊。”卡鲁克斯的目光现在扫过屋子，看向了窗户那边。

莱尼可怜巴巴地说：“乔治不会自己走了留下我的。我知道

---

① 纸牌游戏中的一大类，在美国很盛行。基本玩法是形成 3、4 张同点的套牌（如 4 个 8，3 个 6 等），或者形成不少于 3 张的同花顺（如方块 6-5-4-3 等）。17 世纪兴起于欧洲的许多牌戏都包含形成同点或同花顺套牌的内容。中国古代的麻将可以说是拉米牌戏的远祖，现代拉米牌自 19 世纪后半叶才开始流行于墨西哥。

乔治不会这么做的。”

黑人马夫像是说梦话似的继续道：“我记得我小时候在父亲养鸡场里的事情。我有两个哥哥。我们总是在一块儿。睡在同一个屋子里，同一张床上——我们兄弟仨人。有一片地种的草莓，还有一片苜蓿地。在阳光明媚的早晨，我们常常把鸡赶到苜蓿地里。我的哥哥们就坐在篱笆上看着它们——它们都是纯白色的。”

莱尼的兴趣转到了马夫正在说的话题上。“乔治说我们要有一块地种苜蓿，喂兔子。”

“什么兔子？”

“我们要养很多的兔子，还有一块地种草莓。”

“你在说胡话。”

“不是。不信，你问乔治。”

“你就是个傻子。”卡鲁克斯嘲讽地说，“我见过成千上百的人，他们背着铺盖卷儿，顺着公路来到这里的各个农场，他们的脑子里也是装着跟你们一样的这个愚蠢的念头。他们来了，走了，完了又来了，每个人都他妈的想着将来要有一块地。可他们中没有一个有了一块地的。就像天堂难以企及一样。每个人都想有一块地。我在这里读了不少的书。没有一个人进到天堂里的，也没有一个人得到了土地的。这仅是存在于他们的脑瓜子里。他们总是这么讲，可没有一个人实现的。”他停下了，眼睛看向开着的门那里，因为马儿躁动起来，辔头的铁链发出了叮当声。有匹马嘶叫了一声。“我想是外面来人了，”卡鲁克斯说，“也许是斯林姆。有的时候，斯林姆在夜里要过来这边两三趟呢。斯林姆是个有本事的骡夫。他把整个车队都照管得很好。”他有些痛苦地挺直了身子，朝门口走去。“是你吗，斯林姆？”卡鲁克斯喊。

是坎迪的声音回答着：“斯林姆进城了。喂，你见到莱尼了吗？”

“你是说那个大块头吗？”

“是的。看见他了吗？”

“他在这儿。”卡鲁克斯简短地说。说完回到床上躺着去了。

坎迪站在门口，用他的另一只手搔着断腕，他往屋子里瞧着，可由于刚从黑暗中走到这亮着灯的地方，他的眼睛一时还不能适应。他没有打算进来。“告诉你，莱尼。我已经算出来能有多少只兔子了。”

卡鲁克斯不耐烦地说：“你要是想进，就进来嘛。”

坎迪似乎有些尴尬地说：“这个嘛，你要是让，我当然愿意进来啰。”

“进来吧。如果已经有人进来了，你自然也能进来。”要想用装着生气来掩饰他感到的喜悦，对卡鲁克斯来说并不那么容易。

坎迪虽说进来了，可仍有些局促。“你把这个地方收拾得挺舒适、挺整洁的。”他跟卡鲁克斯说，“能有一个自己的屋子，一定挺好的。”

“当然啦。”卡鲁克斯说，“窗户底下还有一堆粪呢。当然是不错的了。”

莱尼插进话来说：“你说兔子怎么啦？”

坎迪靠着墙，站在离坏掉的颈轭不远的地方，搔着自己的断腕。“我来这个农场好多年了。”他说，“卡鲁克斯来这里也好多年了。可这还是我第一次进到他的屋子里来。”

卡鲁克斯沉郁地说：“很少有人会进一个黑人的屋子。除了斯林姆，没有人来过这里。斯林姆，还有农场主。”

坎迪很快便转移了话题。“斯林姆是我见过的最棒的骡夫。”

莱尼向老坎迪这边俯过身子。“说说兔子的事。”他催促道。

坎迪笑着说：“我算过了。如果我们干得好的话，我们养兔子能挣钱。”

“可我是要照看兔子的。”莱尼插进来说，“乔治说由我来照顾它们。他答应过我的。”

卡鲁克斯不客气地打断了他们说：“你们这些人是在自欺欺人。你们就此说个没完没了的，但你们连一寸土地也不会有。你会一直做你的清扫工，直到有一天被人装进一个木箱子里抬出去。噢，我见过太多这样的人了。这个莱尼在两三个星期内就会离开这里，另找地方去。似乎每个人的脑子都想着要置上一块地。”

坎迪生气地揉搓着他的脸颊。“你算是说对了。我们就是打算这么做的。乔治说我们能行。我们现在就有这笔钱。”

“是吗？”卡鲁克斯说，“现在乔治在哪儿呢？在城里，在一家妓院里。这就是你们的钱的去向。上帝啊，这种事我见得太多了。许多人的脑子里都有一块地，可他们中间从未有人得到过它。”

坎迪喊了起来：“是的，他们都会这么想的。每个人都想有块地，不需要太大，只要是属于他自己的，一小块他能赖以生存、别人无法夺走的土地。我从未有过自己的土地。我给咱们这个州里的许多人种过庄稼，可这庄稼不是我的，我把它们收割回来，交给了土地的主人。但是，我们现在要有一块自己的地了，你别不相信。乔治到城里身上没有带钱，钱都在银行里。我，莱尼，还有乔治。我们将会有自己的房子，有条狗，有兔子和小鸡。我们会种上玉米，或许还会养上一头牛或者山羊。”他停下了，完全沉浸在自己描绘的愿景里。

卡鲁克斯问：“你说，你们有钱？”

“对。我们凑齐了大部分的钱。只差一点儿了。再有一个月就全够了。乔治已经选好了地方。”

卡鲁克斯把胳膊伸向了后背，用手摸着他的脊椎骨。“我从未见哪个人真正做到过。”他说，“我见过许多渴盼得到土地的人，可他们攒下的钱不是送进了妓院，就是玩二十一点输掉了。”此时，他变得有些迟疑起来。“如果你们……需要个人手的话，不需要支付工钱，只要管吃住就行了，我愿意过去搭把手。我瘸得并不厉害，只要我想做，干起来还是把好手呢。”

“你们看到过柯利吗？”

三个人的头一齐都朝向了门口。柯利的妻子正在门那里往里面瞧呢。她的脸上化了浓妆，嘴微微张开着一点儿。她气喘吁吁的，好像是一路跑来似的。

“柯利不在这儿。”坎迪没好气地说。

她静静地站在门口，冲着他们微微地笑，用一只手的拇指和食指搓着另一只手的指甲。她的眼睛从一张脸看到另一张脸。“他们把老弱病残都留在这里了。”临了，她说，“以为我不知道他们都去哪里了吗？还有柯利。我知道他们去哪里了。”

莱尼看她看呆了，而坎迪和卡鲁克斯却都蹙着眉，避开了她的目光。坎迪说：“既然知道，那何必还要问我们柯利去哪儿了呢？”

她饶有兴味地打量着他们。“真好笑。”她说，“如果我看到的是一个人，他自个儿待着，那么，我就能好好地跟他说会儿话。可要是你们有两个人在一起，你们就不愿意理我了。不说话，而且还要冲我发火。”她把手放了下来，两只手都抚在了臀部上。“你们都彼此害怕对方，就是这么回事。你们每个人都担心被别人抓住了自己的什么把柄。”

在一阵沉默后，卡鲁克斯说：“或许，你现在最好还是回你自己家去吧。我们不想有麻烦。”

“喔，我不会给你们带来麻烦的。难道我就不能偶尔跟人说说话儿？你们以为我就总想待在那个房子里吗？”

坎迪把断腕放在膝盖上，用手轻轻地搓着。他带着责怪的口吻说：“你有丈夫，你不该四处再找别的男人解闷，给别人带来麻烦。”

姑娘发起火来：“我是有丈夫。你们都见过他的。一个自以为是的家伙，不是吗？整天威胁他不喜欢的人，说是要收拾人家。他根本看不上任何人。你们且想想，我整天待在那个长四宽二的屋子里，听着他念叨要如何先出左拳两次，后用右拳击中对方。‘一二连击，’他说，‘只要来个一二连击，对方就爬不起来了。’”她停了停，脸上不快的表情变成了好奇。“嘿……柯利的手是怎么回事呢？”

屋内出现了一阵令人不安的沉默。坎迪偷偷地看了莱尼一眼。临了，他咳嗽一声说：“哦……柯利……他的手被绞到机器里了，夫人，被碾碎了。”

她盯着坎迪看了一会儿，然后大笑起来。“胡扯！别以为你们能骗得了我。一定是柯利滋事打架，又打不过人家。绞在机器里了——鬼才相信呢！噢，自从他手残了以后，他是再也无法对别人使出一二连击的绝招了。是谁弄碎了他的手的？”

坎迪不悦地重复道：“是被机器绞的。”

“好吧。”她不屑地说，“好吧，你们愿意怎么说就怎么说吧，关我什么事呢？你们这些流浪汉总以为自己有多了不起。你们当我是谁，小孩子？告诉你们吧，我本可以去拍电影的，而且不止一部。一个男演员跟我说，可以推荐我去演电影……”她说着突然生起气来，“礼拜六晚上。所有的人都出去玩了。所有的人！可我在干什么呢？站在这里聊天，跟一帮穷鬼——一个黑鬼，一个白痴，还有一个老头，我还得觉得庆幸，因为再也没有别的人了。”

莱尼的眼睛眨也不眨地盯着她，他的嘴半张着。卡鲁克斯早已默不作声，又蜷缩回黑人常有的那种自保的心态中去了。可老坎迪却不吃这一套。他突然站了起来，撞倒了他屁股底下坐着的小桶。“够了。”他生气地说，“你在这儿不受欢迎。我们早告诉过你，你不受欢迎。你对我们这些人抱有偏见和不公正的看法。你那平庸的脑袋瓜子理解不了我们，甚至看不出我们才不是流浪汉呢。假如你把我们辞掉了，假如你这么做了，你以为我们就会流落街头，再找着去打这样的零工吗？你根本不知道我们就要有自己的农场，自己的房子了。我们不打算在这儿待了。我们将有自己的房子、小鸡、果树，一个比这里好上百倍的地方。我们还有朋友。我并没有吹牛。以前或许有过那么一段时间，我们担心会丢了工作，可现在我们不怕了。我们将有自己的土地，它是我们的，我们有地方可去了。”

柯利的妻子嘲笑起他来。“胡扯！”她说，“你们这样的人我见多了。只要身上有两毛钱，就会拿去买上两杯玉米威士忌，喝完了还把杯底舔干净。对你们这帮穷鬼，我是了解的。”

坎迪的脸变得越来越红，不过，他控制住了自己的情绪，等着她把话说完了。他掌控着局面。“我就知道，”他语气平和地说，“或许，你最好还是走开，去滚你的铁环玩吧。我们跟你没有什么可说的。我们知道我们会拥有什么，并不在乎你是否知晓。所以，你现在还是赶快走人吧，因为柯利不喜欢他的妻子跑到谷仓里来，和我们这些流浪汉在一起。”

她从一张脸看到另一张脸上，他们都不愿理她了。有好长时间她盯着莱尼看，直到莱尼不好意思地低下了头。突然间她说：“你脸上的伤是怎么来的？”

莱尼像是犯了错似的抬起头来。“你说谁……我吗？”

“是的，你。”

莱尼求助似的看着坎迪，随后，又低头看着自己的膝头。“他把他的手卷进机器里了。”他说。

柯利的妻子大笑起来。“好吧，就算是机器弄的。我回头再找你说。我喜欢机器。”

坎迪插进话来。“你不要去叨扰莱尼，你离他远点儿。我会把你说的话告诉乔治。乔治是不会让你去纠缠莱尼的。”

“乔治是谁？”她问，“是那个跟你一起来的小个子吗？”

莱尼开心地笑了。“是的。”他说，“就是他，他答应让我照看兔子呢。”

“哦，如果这就是你所想要的，我也可以给你弄几只来的。”

卡鲁克斯从床上站了起来，面对着她。“我已经受够了。”他冷冷地说，“你无权进到一个黑人的家里。你无权到这里来搅和。你现在就出去，快点儿出去。如果你不，我就去找老板，再也不让你进谷仓。”

她向他转过头来。“你听着，黑鬼，”她轻蔑地说，“你要再张开你的臭嘴说话，你知道我能怎么治你？”

卡鲁克斯绝望地看着她，临了，他坐回到床上，不再吭声了。

她紧逼过来。“你知道我能做什么的？”

卡鲁克斯似乎蜷缩得越来越小了，他靠到了墙上。“是的，夫人。”

“好，那你就老实点儿、知趣点儿，黑鬼。我可以把你吊到一棵树上去，这么做太容易了，甚至都算不上好玩。”

卡鲁克斯被整得服服帖帖的了。在他身上，已没有了个性、没有了自我——没有了个人的喜好。他说："是的，夫人。"他的声音呆板，毫无生气。

有一会儿，她傲气十足地站在他面前，好像是等着他有所行动、然后再狠狠地收拾他一顿似的。但卡鲁克斯坐着动也没敢动一下，他的眼睛躲闪着，将自己身上一切可能受到伤害的地方都包裹了起来。最后，她转向了另外那两个人。

老坎迪诧异地望着她。"你要是敢这么做，我们就去告发你。"他冷冷地说，"我们会告你陷害卡鲁克斯。"

"你他妈的去告吧。"她喊道，"没有人会听你说，你知道的。没有人会听你说的。"

坎迪软了下来。"是的。"他同意地说，"没有人会听我们说什么的。"

莱尼委屈地叫嚷着："我希望乔治在这里。他要是在这里就好了。"

坎迪走到了莱尼这边。"不用再担心了，"他说，"我听见有人回来了。我敢打赌，乔治很快就来到谷仓了。"他转向柯利的妻子。"你最好现在就走吧。"他平静地说，"如果你现在走，我们不会告诉柯利你来过这儿的。"

她冷静地打量着坎迪。"我不相信你真的听到什么了。"

"最好是不要冒险。"他说，"如果你不太确信，那还是采取稳妥的方法。"

她面朝莱尼。"我很高兴你弄废了柯利的一只手。这是他该得的报应。有的时候，连我自己都想要教训他一顿。"她悄悄地溜出了门，消失在黑暗里。在她穿过谷仓时，马辔头上的链子又响了起来，有的马喷着响鼻，有的跺着蹄子。

卡鲁克斯似乎在从他刚才自保的状态中慢慢地恢复过来。“你说有人回来了，是真的吗？”他问。

“是的。我听到了。”

“哦，我什么也没有听见。”

“大门响了一声。”坎迪说，“上帝啊，柯利妻子的脚步真轻呀，我经常看见她是这么走的。”

卡鲁克斯不敢再提及这敏感的话题。“你们最好还是走吧，”他说，“我也不想让你们在这里待着了。一个黑人是有些权利的，尽管对这些权利他也不见得喜欢。”

坎迪说：“那个荡妇不该跟你说那些话的。”

“没什么的。”卡鲁克斯淡淡地说，“你们进来跟我坐了一会儿，让我忘记我卑微的身份了。她说得没错。”

谷仓里的马儿喷着响鼻，扯着辔头的铁链，有个声音传了进来：“莱尼，噢，莱尼。你在谷仓吗？”

“是乔治。”莱尼喊。随即他回答道：“我在这儿，乔治，在这儿。”

顷刻间，乔治便到了门口，他不满地环顾了一下四周。“你在卡鲁克斯的房间干什么。你不该到这里来的。”

卡鲁克斯点着头说：“我也是跟他们这么说的。可他们还是来了。”

“哦，你怎么没有把他们踢出去？”

“我并不介意他们来。”卡鲁克斯说，“莱尼是个好小伙。”

坎迪此时也站了起来。“喔，乔治！我刚才一直在算呀算呀。我终于算出来了，我们卖兔子也能赚些钱的。”

乔治蹙起了眉头。“我想，我告诉过你，不要把这件事跟任何人说。”

坎迪的高兴劲儿一下子没了。“我没有告诉谁，只告诉了卡鲁克斯。”

乔治说：“你们现在就离开这里。上帝，似乎我一分钟也不能走开。”

坎迪和莱尼起身往门口走。卡鲁克斯叫了一声：“坎迪！”

“嗯？”

“别忘了我跟你说的，我可以锄地、干各种杂活儿的。”

“哦，”坎迪说，“我记着呢。”

“好，你把它忘了吧，”卡鲁克斯说，“我只是说说而已。开个玩笑。我不想去你说的那个地方。”

“好吧，如果你真是这样想的。晚安。”

三个人走出了屋子。在他们穿过谷仓时，马儿喷着响鼻，辔头的链子叮当地响着。

卡鲁克斯坐在床前，盯着屋门看了一会儿。随后，他取下镇痛剂的药瓶，撩起身后的衬衣，在粉红色的掌心里倒了几滴药水，把手探向身后，缓缓地揉起他的后背来。

在大谷仓的一端，高高地堆着刚割回来的新草，在仓顶的滑轮上挂着杰克逊牌的四齿干草叉。这干草堆像山上的坡地那样，向谷仓的另一端延伸过去，在这中间有一段较为平坦的还没有堆上新草的地方。草堆的两侧是饲料槽，从栅栏上的板条间隙望过去，可以看到马儿的头。

这是一个星期天的下午。没有出工的马儿正在细细地嚼着饲料槽里吃剩的草茬子，它们跺着马蹄，啃着食槽上的木头，扯动着辔头当啷当啷地响。下午的阳光从谷仓墙上的缝隙中投射进来，在草堆上照出一条条的金线。苍蝇嗡嗡地飞着，像是这闲散的午后哼出的小曲。

外面传来马蹄铁击中铁棒的响声、人们的喝彩声和讪笑声。谷仓里却显得非常的温馨、安静，除了苍蝇的嗡嗡声。

谷仓里只有莱尼一个人，他坐在谷仓尽头（干草堆得较少的那一端）食槽下面的干草上，旁边放着一个箱子。莱尼坐在那儿，看着躺在他面前的已经死了的小狗。在这样呆呆地看了它好一会儿后，他伸出他的大手，开始从前到后一遍又一遍地摩挲着它。

莱尼轻柔地对小狗说："你怎么会死掉呢？你又不像老鼠那么的小。我也没有死劲地摆弄你。"他抬起小狗的头，看着它的脸对它说："如果乔治发现你死了，他也许再不会让我照管兔子了。"

他把草刨开一点儿，将小狗放了进去，然后在它上面盖了些草。他一边继续望着那个鼓起的小草堆，一边自言自语地说："这件事不会严重到我得躲进树丛中藏起来。噢！还没有那么严重。我会跟乔治说它是自己死的。"

他又把小狗从草堆里弄出来，细细地端详着它，从耳朵抚摸到它的尾巴。他伤心地说："'是你干下的好事，别以为能骗得了我，这下好了，以后你再也甭想照看兔子了！'"

突然之间，莱尼来了火气。"你这个该死的，"他喊道，"你怎么会死掉了呢？你并不像老鼠那么小呀。"他捡起小狗，把它抛了出去。然后，他背对着它，弯着身子坐着，口中呢喃着："这下我不能照顾兔子了。他不会让我照顾了。"他难过地前后摇晃着身子。

外面又传来马蹄铁投掷在铁棒上的当啷声和一阵喝彩声。莱尼起身捡回小狗，把它放回草上面，又坐了下来。他再次摩挲起小狗来。"你还小，还没有长大，"他说，"他们一再跟我说，你还小。我不知道你这么轻易就会死掉。"他用手指摸着小狗已经耷拉下来的耳朵。"或许，乔治不会在意的，"他说，"这个小杂种对乔治来说，一点儿也不重要。"

柯利的妻子从最远的隔栏那边走了过来。她的脚步很轻，所以莱尼开始时并没有察觉到她进来。她穿着那条颜色鲜亮的棉裙，拖鞋上面饰着红色的鸵鸟羽毛。她的脸上涂了脂粉，像是小香肠似的发卷梳理得整整齐齐。在她快要来到他的身边时，莱尼才抬起头看到她。

在一阵慌乱之中，他用手抓了些干草盖到小狗的身上。然后，他闷闷不乐地抬眼望着她。

她说："你在那儿藏什么，小伙子？"

莱尼拿眼睛瞪着她。"乔治不允许我跟你有任何的往来——说话也不行。"

她大笑起来。"乔治在什么事情上都要对你发号施令吗？"

莱尼低下头看着干草。"他说，如果我跟你说话，就不让我照看兔子啦。"

她平静地说："他是担心柯利会为此发火。哦，柯利的一只胳膊用绷带给吊起来了——要是他再对你动粗，你可以把他的另一只手也捏碎了。说是他的手被机器给碾压了，你们别以为能哄得了我。"

她跪在了他旁边的干草上。"你听听，"她说，"所有的人都在参加马蹄铁游戏的大赛呢。现在才四点钟。不到大赛结束，谁也不会走开的。为什么我就不能跟你说说话儿呢？我连一个说话的人也没有。我觉得孤单极了。"

莱尼说："喔，反正我不应该跟你说话。"

"我真的感到很孤独，"她说，"你可以跟人聊天，而我除了柯利却没有一个人跟我说话。否则他就会生气。整天一个人，没有人说话，你觉得那种感觉会好受吗？"

莱尼说："反正我是不该跟你说话的。乔治害怕我再惹上麻烦。”

她改变了话题。“喂，你把什么给藏在那儿了？”

这话一下子勾起了莱尼的悲伤。“是我的小狗，”他难过地说，“是我的小狗。”他撩开了盖在它上面的草。

“噢，它已经死了。”她喊道。

“它太小了，”莱尼说，“我刚才在跟它玩……它好像要咬我……我似乎做了一个要扇它的动作……结果是……我真的扇了它。完了它就死了。”

她安慰着他。“没事的。它只是条小狗。你很容易就能再搞到一条的。我们这里到处都是狗。”

“这是不大要紧，”莱尼痛苦地解释说，“只是现在乔治再不会让我照管兔子了。”

“为什么不让呢？”

“哦，他说如果我再做了什么坏事，他就不让我照看兔子了。”

她贴近到他身边，说着抚慰他的话儿：“你不用担心和我在这儿说说话的，你听听外面的喧嚷声，这场比赛中他们都下了四块钱的赌注，不到比赛结束，谁也不会离开那里的。”

“要是乔治看见了我跟你说话，他会骂死我的。”莱尼小心地说，“他就是这么说的。”

她的脸上现出恼怒的神情。“我这个人怎么啦？”她喊着，“我为什么就没有权利跟别人说话？他们把我想成什么人啦？你是个好人。我不知道为什么我就不能跟你说话。我没有做任何伤害你们的事。”

“哦，乔治说你会给我们带来麻烦的。”

“呸，胡扯！”她说，“我给你们造成什么伤害了吗？似乎根本没有人关心我是怎么活的。实话跟你说吧，我一点儿也不习惯现在的这种生活。我本来可以有所作为的。”她阴郁地说：“或许，我现在去做，也为时未晚。”她的话语受着一股想要表达的激情的驱使，倾泻了出来，好像是她急着要在听众散离之前赶紧把话说完似的。“我是在萨利纳斯长大的，”她说，“我很小的时候就去了那里。一个剧团到我们那儿演出，我认识了其中的一个男演员。他说我可以跟着这个剧团一起走。可我母亲不愿意。她说我还小，只有十五岁。可那个男演员说我可以。如果那个时候我去了剧团，敢跟你打赌，我就不用过现在这种生活了。”

莱尼来回地摸着小狗。“我们会有一小块地……还有兔子。”他解释说。

她很快接着讲起她的故事，免得叫莱尼再打断了。“还有一次，我认识了一个演电影的男子。我跟他一起去河畔舞厅跳舞。他说，他会推荐我演电影的。说我是个天生的演员。他回到好莱坞之后，马上就会给我写信让我过去。”她仔细打量着莱尼，看她的话是否打动了他。“可我从未收到他的来信，”她说，“我总觉得是我母亲偷了那封信。唉，我不打算再待在我不能有所发展、哪里也不能去，而且还有人偷我信的地方了。我问母亲是不是她偷了我的信，她说没有。于是，我嫁给了柯利。跟柯利我也是那天晚上在河畔舞厅里认识的。”她诘问道：“你在听吗？”

“我？当然在听了。”

“这些话我以前从未跟任何人讲过。或许，我就不应该讲的。我不喜欢柯利。他这个人不好。”因为在把心里的话说给他听，她往莱尼这边挪了挪，坐在了他的旁边。“可以演电影，还有漂亮的衣服——穿那些女演员穿的各种好看的衣服。我可以坐在豪华的酒店里，让人拍照。我可以去看首映式，到广播室做节目，这些我都不用花一分钱，因为我是演员。我还可以穿许多女演员穿的那种漂亮衣服。因为那个好莱坞的演员说我是个天生的好演员。”她扬起头看着莱尼，用手臂做了一个精巧的不常见的姿势，来表明她会演戏。她的手指随手腕向外摆动，小拇指翘了起来。

莱尼深深地叹着气。外面又响起马蹄铁击打在金属上的声音和人们的喝彩声。“有人得分了。”柯利的妻子说。

现在太阳到了西面，谷仓里的阳光照得高了许多，金色的光线攀上了墙头，落在料槽和马儿的头上。

莱尼说：“或许我该把这只小狗拿出去，扔得远远的，乔治就永远不会知道了。那样，我就没有麻烦，又能照看兔子了。”

柯利的妻子生气地说：“除了兔子，难道你就不能再想点儿别的吗？”

“我们将会拥有一小块地。”莱尼耐心地解释说，“我们会有一所房子、一个花园、一片苜蓿地，苜蓿是为兔子种的，我会拿一个袋子，用它去装满苜蓿，然后背回来喂兔子。”

她问：“为什么你说来说去，总要回到兔子身上呢？”

莱尼在回答这个问题前，不得不认真地想了一会儿。他小心翼翼地向她这边靠，直到挨到了她的身体。“我喜欢抚摸好玩的东西。有一回，我在集市上看到一些长耳朵的兔子。它们很好看，真的。有的时候，我甚至连老鼠都摸着玩，不过，那都是在我没有更好的东西可用来摸的时候。”

柯利的妻子稍稍离开了他一点儿。“我觉得你是个傻子。”她说。

“不，我不是。”莱尼一本正经地解释着，“乔治说我不是。我只是喜欢用手指摸那些柔软好玩的东西。”

她的心似乎稍微放下来一点儿。“哦，有谁会不喜欢呢?”她说，“人人都喜欢这么做的。我喜欢摸丝绸和天鹅绒。你喜欢摸天鹅绒吗?”

莱尼高兴得咯咯地笑了起来。“那是当然啦，”他快乐地大声说，“我也有过一块天鹅绒。是一个太太给我的，那个太太就是我的姨妈克莱拉。她给了我的那块大概有这么大。我希望它现在就在这儿。”他蹙起了眉头。“我把它给丢了，”他说，“丢了有好长时间了。”

柯利的妻子笑了起来。“你这个人是傻，”她说，“可你是个好人，就像个大男孩一样。不过，我差不多能明白你的意思。在我梳头的时候，我有时会老大一阵子地坐在那里，抚摸我的头发，因为它太柔软了。”为了告诉他她是怎么做的，她的手指从头顶上顺着捋了下来。“有的人的头发又粗又硬，”她沾沾自喜地说，“比如说柯利的，他的头发跟铁丝似的。可我的又柔软又光滑，因为我经常梳理它。这样会使头发变柔顺的。这里……你摸摸这里。”她拿起莱尼的手，把它放在她的头顶上，“你摸一摸，看看它们有多柔软。”

莱尼粗大的手指开始摩挲着她的头发。

“不要把它们弄乱了。”她说。

莱尼说：“噢！真好。”他摸得更加起劲了，“噢，真好。”

“当心，喂，你要把它们弄乱了。”她此时生气地喊了起来，“你现在住手，你要把它们弄乱了。”她把她的头往外扯着，莱尼拽着她的头发不松手。“放手，”她喊着，“你放手！”

莱尼惊慌起来，他的脸因惊恐而变得扭曲。她尖声地呼叫着，莱尼的另一只手伸过来捂在了她的嘴和鼻子上。“不要喊，”他恳求着，“噢！请不要喊。乔治知道了会发怒的。”

她在他的手中狂乱地挣扎着。她的两只脚在干草上乱踢，身体扭动着想要挣脱出来，并从莱尼的手掌下面发出闷声闷气的叫声。莱尼开始害怕地喊了起来。“噢！请不要叫。”他乞求着，“乔治会说我在干坏事。那样他就不让我照看兔子了。”他把手移开了一点儿，她沙哑的哭喊声随之泄了出来。莱尼变得生气起来。“你现在就住口。”他说，“我不想让你喊。就像乔治说的，你会使我陷入麻烦的。现在，你就停止你的喊叫。”她继续挣扎着，眼睛里充满恐惧狂乱的神情。“你不要喊了。”他一边说着，一边摇晃着她。她的身体像条鱼儿那样来回摆动着。不一会儿，她便停止了挣扎，因为莱尼已经拧断了她的脖子。

他低头看着她，小心地把手从她的嘴上移开，她静静地躺着。“我并不想伤害你，”他说，“可你的叫唤让乔治听见了，乔治就会发火的。”她没有回答，也没有动，他俯下身子去查看。他先是抬起她的手臂，然后松开，看着它垂落下来。有一会儿，他似乎变得茫然不知所措了。临了，他惊恐地自语道：“我做下坏事了。我又做下坏事了。”

他刨了一些干草，直到部分地把她遮盖了起来。

从谷仓外面又接连传来几声马蹄铁和铁棒的敲击声和人们的喧嚷声。这是莱尼第一次感觉到外面世界的存在。他蹲在干草中倾听着。“我做了一件真正的坏事。”他说，“我不该这么做的。乔治会发火的。噢……他说过……藏在树丛里直到他来。他会发火的。在树丛里等着他。这就是他告诉我的。”莱尼退了回来，看着死去的女孩。那条小狗紧挨在她身边。莱尼把它捡了起来。“我得把它扔掉。”他说，“这儿的情况本来就够糟糕的。”他把小狗掖在外套里，溜到谷仓的墙边，从墙缝里窥视着外面正在进行的马蹄铁的游戏。随后，他绕过最边上的隔栏，消失在了暮色中。

太阳光现在已经挪移到墙壁的高处，谷仓里的光线变得柔和起来。柯利的妻子仰面躺着，身上苫着一些干草。

谷仓里安静极了，下午的静谧降临到农场。似乎连马蹄铁的叮当声、人们的喧嚷也静了下来。随着阳光的退去，谷仓里也慢慢地暗下来。一只鸽子从仓门飞进来，盘旋了一圈又飞了出去。在尽头的隔栏那边，走进来一条牧羊犬，一条又瘦又长的母狗，肚子下面垂着沉甸甸的奶头。它在快要走到装狗崽的箱子时，嗅到了柯利妻子尸体的气味，它脊背上的毛竖了起来。它哀声地叫着，畏畏缩缩地走到装小狗的箱子前，跳进了狗崽们中间。

柯利妻子的身体有一半被黄色的干草盖着。她的卑俗，她的那些小小的打算，她的不满和想要引起他人注意的渴望，都从她的脸上消失了。现在的她看上去十分漂亮和单纯，她的面庞可爱而又年轻。她涂过脂粉的脸蛋和抹过口红的嘴唇，使她显得仍富于活力，像是刚刚睡着了一样。那些像是小香肠似的卷发披散在她头后面的干草上，她的嘴唇略微张开着。

有的时候，一瞬间会像现在这样萦绕弗去、驻足停留，感觉它的持续远远超过了一瞬间。一切运动和声音所中止的时间也似乎远远地超过了一瞬间。

然后，时间会渐渐地苏醒过来，懒洋洋地继续前行。马儿在料槽的另一侧踏着蹄子，拽得辔头丁零当啷地响。外面人们的说话声也变得越来越清晰、响亮。

从谷仓尽头的隔栏那边传来了老坎迪的声音。“莱尼，”他喊着，“噢，莱尼！你在这儿吗?”老坎迪出现在隔栏尽头。“噢，莱尼！”他在又喊了一声后，突然停住，他的身体僵着不动了。他用光溜溜的断腕摩挲着花白的胡茬。“我不知道你在这儿。”他对柯利的妻子说。

他没有得到她的回应，便走得更近了点儿。“你不该睡在这里的。”他不赞同地说，很快到了她身边，“噢，上帝！”他无奈地四下张望着，摸着他脸上的胡子。随后，他跳了起来，悄悄地出了谷仓。

现在谷仓里活跃起来。马儿撅着蹄子，喷着响鼻，咀嚼着铺在地上的稻草，使劲摇动着辔头上的铁链。不一会儿，坎迪回来了，乔治跟着他。

乔治说："你想要我来看什么？"

坎迪指给他看柯利的妻子。乔治愣在了那里。"她怎么啦？"他问，走近了些，然后像坎迪一样喊了起来："噢，上帝啊！"乔治跪在她身边，把手放在她的胸口上。最后，他缓缓地站了起来，身体发僵，面部和目光都一样的冷峻。

坎迪问："她是因为什么死的？"

乔治冷冷地看着他。"你就一点儿也想不到吗？"乔治反问道。坎迪没有吭声。"我早该知道的。"乔治绝望地说，"我想，在我的意识深处我是知道的。"

坎迪问："现在我们该怎么办？乔治，我们该怎么办？"

乔治的回答来得十分迟缓，断断续续的。"我想……我们得告诉……他们。我想，我们得去抓住他，把他关起来。我们不能叫他跑掉。噢，这个可怜的傻瓜蛋子，他一个人会挨饿的。"他尽力安慰着自己，"或许，他们只是把他关起来，不会对他怎么样的。"

可坎迪激动地说："我们应该让他跑掉。你不了解柯利这个人。柯利抓住他，一定会叫他受私刑，会杀死他的。"

乔治望着坎迪翕动的嘴唇。"哦，"他最后说，"你说得没错，柯利会那么做的。其他的人也会那么做的。"他回头看了看柯利的妻子。

坎迪开始说出他最大的担心。"我们还能去买下那块地，是吗，乔治？你和我可以去到那里，过上好日子，是吗，乔治？我们俩还能吗？”

还没等乔治回答，坎迪便垂下了头，看着干草上的她。他知道答案了。

乔治轻声地说：“我想，我从一开始就知道的，我想我知道，我们永远都买不下那块地的。他总是喜欢听有关这块地的故事，到后来让我也开始以为或许我们能做到。”

“那么……这一切都完了？”坎迪忧伤地问。

乔治没有回答他的话，只是说：“我会把这个月干完，然后拿上我挣下的五十块钱，到个妓院里待上一整个夜晚。或者，去打台球，一直打到所有的人都走掉。到那个时候，我会再回来干上一个月，再挣上五十块钱。”

坎迪说：“他是个好人。我觉得他不会做这种事的。”

乔治的眼睛依然在柯利妻子的身上。“莱尼不是成心的，他没有恶意。”他说，“他总是做下一些坏事，可没有一件是他有意为之的。”乔治直起身子来，看着坎迪。“听着，我们必须告诉人们。他们会把他抓起来，我想。他们一定会这么做的。或许，他们不会伤害他。”他语气严厉地说，“我不许他们伤害莱尼。现在你听着，这些人会以为我也参与其中。我这就回宿舍。你一会儿便去告诉人们，到时候我也会来，装出我完全不知道这件事的样子。你愿意这么做吗？这样人们便不会认为我也参与其中了。”

坎迪说：“当然可以，乔治。就照你说的做。”

“好的。你等上几分钟，然后，像是你刚刚发现了她似的，跑出去告诉人们。我现在就走。”乔治转身迅速地离开了谷仓。

老坎迪望着乔治走了出去。临了，他回过头来绝望地看着柯利的妻子，他的伤心和愤怒渐渐地转变为语言。“你这个可恶的婊子，”他恶狠狠地说，“都是你搞的，不是吗？我想，你现在高兴了。谁都知道你是个扫把星。你以前一文不值，现在更是一文不值，你这个臭婊子。”他吸了吸鼻子，声音变得有些颤栗。“我本来可以替他们在园子里锄锄地，在厨房里洗洗碗的。”他停了停，然后声音单调地重复起乔治说过的话：“如果镇上来了马戏团，或者有棒球赛……我们当然可以去看……说声‘让农活见鬼去吧’就可以走了，不需要征得任何人的同意。他们还会养一头猪，养小鸡……到了冬天……有个小铁火炉子取暖……碰上下雨，我们可以舒服地待在家里。”涌出的泪水模糊了他的眼睛，他转过身子，浑身无力地走出谷仓，一边用断腕蹭着他的胡子茬儿。

在外面，游戏的喧闹声已经停止。先是人们的询问声，然后是杂沓的脚步声，人们都拥向了谷仓。这中间有斯林姆、卡尔森、年轻的惠特、柯利，还有一贯躲避着人们视线的马夫卡鲁克斯。坎迪跟在他们后面，最后到来的是乔治。乔治已经穿上了他的工装外套，扣上了外套上所有的扣子，他头上的那顶黑帽子低低地压在前额上。人们跑过尽头的隔栏，在看到暮色中躺在干草上柯利的妻子时，他们停住了脚步，静静地站着，谛视着。

斯林姆默默地走了过去，摸了摸她的脉搏，用一根指头触了触她的脸颊，随后，他的手触到了她的有些扭曲的脖颈，接着，他的手指在她的脖子那里摸索了一会儿。当他站起来时，人们都已来到了近前，魔咒打破了。

柯利好像突然一下子醒悟过来了。“我知道是谁干的了。”他大声说，“是那个大块头的杂种干的。我知道是他干的。噢……其他的人都在外面投掷马蹄铁呢。”说着他的火气上来了。“我要抓住他。我这就去拿我的猎枪。我将亲手杀死这个狗娘养的。我要打穿他的肚子。大家跟我走啊。”他气呼呼地跑出了谷仓。卡尔森说：“我去拿我的鲁格手枪。”说完也跑了出去。

斯林姆不动声色地向乔治转过身来。“我想是莱尼干的。”他说，“她的脖子断了。莱尼能做到这一点。”

乔治没有回答，只是缓缓地点了点头。他的帽子低低地压在前额上，把他的眼睛也遮掩了起来。

斯林姆继续说道：“或许，这就跟你上次说过的在威德的情况一样。”

乔治再次点了点头。

斯林姆叹了口气。“哦，我想，我们得去找到他。你认为他可能会去哪里呢？”

乔治似乎是在考虑了好一会儿后才说：“他——会往南去。我们是从北边来的，所以他会向南走。”

“我想，我们得去找到他。”斯林姆重复道。

乔治又往斯林姆这边走了几步。“要是我们把他带回来，他们有没有可能只是把他关起来呢？他是个呆子，斯林姆。他从不会有意去做这种事情的。”

斯林姆点着头。“有这种可能。”他说，“如果我们能把柯利留在农场里，就有这种可能。但柯利是想要他命的。柯利因为他的手还在记恨着莱尼呢。设想一下，他们把他抓住，捆绑起来，放在笼子里。那也够惨的，乔治。”

“是的。”乔治说，“我知道。”

卡尔森跑了进来。“那个杂种偷了我的鲁格手枪。”他着急地喊，“它不在我的包里了。”紧跟着进来了柯利，在他完好的那只手里提着猎枪。柯利现在已经冷静下来了。

“好了，大家听我说。”柯利说，“黑鬼马夫那里有一把猎枪。你拿上它，卡尔森。当你看到莱尼时，不要给他任何的机会。让子弹把他的肠子打出来。这样他的腰就永远直不起来了。”

惠特激动地说：“我还没有枪。”

柯利说：“你去索莱达叫个警察过来。把艾尔·维尔茨请过来就行，他是副治安官。现在我们走吧。”他转过身来，怀疑地望着乔治。“你跟我们一块去，伙计。”

“好的，”乔治说，“我去。不过，听着，柯利，那个可怜的浑蛋是个傻子，你不要开枪打他，他并不知道他在做什么。”

“不要开枪打他？”柯利喊道，“他拿了卡尔森的鲁格，我们当然要开枪了。”

乔治低声说了一句：“也许是卡尔森自己丢了他的枪呢。”

“我今天早晨还看见它来着。”卡尔森说，“不，它是被人拿走的。”

斯林姆站在那里低头看着柯利的妻子。他说："柯利……或许你最好还是留在这儿，陪你的老婆。"

柯利急得脸都涨红了。"我要去，"他说，"我要亲手把这个杂种的肠子打出来，尽管我只有一只手能用。我要抓住他。"

斯林姆转向坎迪说："那么，你留下陪着她吧，坎迪。我们其他人最好赶紧行动吧。"

大家都出去了。乔治在坎迪身边逗留了一会儿，他们俩都低头看着这个死去的女孩，直到柯利的声音从外面传进来："噢，乔治！你要和我们在一起，这样我们才会认为你没有参与此事。"

乔治慢吞吞地跟了上去。他的脚步异常的沉重。

在人们都走了以后，坎迪蹲在干草上，瞧着柯利妻子的面庞。"可怜的骚娘们。"他语气柔和地说。

人们的话语声渐渐远去。谷仓逐渐暗了下来，马儿在各自的隔栏里刨着蹄子，扯动着辔头的链子叮当作响。老坎迪躺在了干草上，用胳膊遮住了眼睛。

萨利纳斯河在山脚下形成的碧绿色深潭，仍在傍晚的暮色之中。阳光已离开河谷，爬到加比兰山脉的斜坡上，玫瑰色的夕阳逗留在群山顶上。可疏影斑驳的悬铃木丛中的池水边，却已笼罩在一片怡人的阴影之中。

一条水蛇在池面上轻轻地滑过，左右扭动着它的颇似潜望镜的头。它从对岸游过来，游到了浅水处一只纹丝不动的苍鹭脚下。苍鹭的头和喙猛地悄然没入水中，叼住蛇的脑袋，将它拽出了水面，在鸟喙吞下小蛇时，它的尾巴还在狂乱地摇摆。

远处骤然刮来一阵风，林中树顶的枝条像波浪似的舞动着。悬铃木的树叶露出银白色的背面，掉落在地上的棕色的枯叶急速地前移动了几米。池面上泛起了一排排的涟漪。

这阵风来得急，消失得也快。林中空地又恢复了寂静。那只苍鹭仍一动不动地立在浅水中，等待着机会。又有一条小水蛇从对岸游过来，一边游一边摆动着它那像潜望镜似的脑袋。

莱尼突然从灌木丛中钻了出来，他像一头熊那样悄悄地移动着。苍鹭拍动着翅膀，离开了水面，向河的下游飞去。小蛇潜入池边的芦苇丛中。

莱尼一声不响地来到岸边。他俯身去喝水，嘴几乎贴在了水面上。一只小鸟弄响了他身后的枯叶，他猛地抬起头，朝着发出声响的地方使劲地张望和倾听，直到看见是只鸟儿，才放下了心。然后，他俯下身又喝了起来。

喝饱之后，他坐到了堤岸上，侧身对着水潭，以便对小径的路口进行观察。他抱膝坐着，用膝盖撑着下巴。河谷中渐渐暗了下来，而群山顶上却因为有火红的晚霞映照，似乎变得越发明亮起来。

莱尼轻声地自言自语道："我敢打赌，我真的没有忘记。藏在树丛里等乔治。"他把帽子拉得很低，遮在了眼睛那里。"乔治一定会大骂我一顿的，"他说，"乔治会希望他以后独自一人，再没有我烦他。"他转过头去看红彤彤的山顶。"我可以到那里去，找到一个山洞。"他悲伤地说，"那儿没有番茄酱……不过，我并不在乎。如果乔治不想要我……我就走得远远的。走得远远的。"

此时，在莱尼的脑海中出现了一个胖乎乎的上了年纪的小个子女人。她戴着厚厚镜片的圆眼镜，系着一条很大的上面有口袋的条纹围裙，她古板，爱干净。她站在莱尼的面前，把手放在她的唇上，对他不满地蹙着眉。

当她开口说话时，用的是莱尼的嗓音。"我一遍又一遍地告诉过你，"她说，"我说：'你要好好地待乔治，因为他是个好人，对你也好。'可你总是把我的话当耳旁风。你老是干坏事。"

莱尼回答她说："我努力了，克莱拉姨妈。我真的努力了。只是有的时候，由不得我自己。"

"你从来没有为乔治着想过。"她继续用莱尼的嗓音说，"他总是帮着你。有一个馅饼，他也会分给你一半，或者一多半。如果是番茄酱，他会都让给你吃。”

“我知道的。”莱尼难过地说，“我努力了，克莱拉姨妈。我真的努力了。”

她打断了他的话。“要不是为了你，他本能活得很快活的。他可以拿着工钱到妓院里好好享受一番，可以去台球室打斯诺克。可是，他得照顾你啊。”

莱尼悲切地呻吟着：“我知道的，克莱拉姨妈。我这就去找一个山洞，住在里面，这样就不会再给乔治带来麻烦了。”

“你只会说这句话。”她严厉地说，“你总是这么说，因为你这个浑蛋也清楚，你从不会那么做的。你只会黏着乔治，永远地烦他。”

克莱拉姨妈不见了，莱尼的脑海里紧接着出现了一只特别大的兔子。它蹲坐在他的面前，朝他动着耳朵，皱着鼻子。它也是操着莱尼的嗓音在讲话。

“照看兔子。”它嘲讽地说，“你这个傻瓜蛋子。你连给兔子舔脚的资格都不够。你会忘记了它们，让它们挨饿的。看你这副呆样，你想想乔治会怎么想呢？”

“我才不会忘记呢。”莱尼大声地说。

“你才不会记着呢。”兔子说，“你一文不值，连个上了油的别针都不如。上帝都知道，乔治为了把你拉出臭水沟做了多大的努力，可那又有什么用呢。如果你以为乔治还会让你照顾兔子的话，那你就是疯上加疯了。他不会这么做的。他会用棍子把你打得屁滚尿流，这才是他要做的。”

莱尼激动地反驳道："才不会呢。乔治绝不会干这样的事。我认识乔治已有……我忘记有多少年了……他从来没动过我一根手指头。他对我好。他才不会虐待我呢。"

"哦，他现在已经讨厌你了。"兔子说，"他准备在痛打你一顿后，远远地离开你。"

"不会的。"莱尼发疯似的喊，"他不会那么做的。我了解乔治。我和他是结伴而行的。"

可兔子还在轻声重复着："他要离开你了，你这个傻瓜蛋子。他要留下你一个人。他要离开你了，傻瓜蛋子。"

莱尼把手捂在了耳朵上。"他不会，我告诉你他不会的。"他喊，"噢！乔治——乔治——乔治！"

乔治悄悄地从灌木丛中走了出来，兔子惊慌失措地钻进莱尼的脑袋里去了。

乔治平静地说："你在喊什么？"

莱尼一下子跪起来，直起了腰。"你不会离开我，是吗，乔治？我知道你不会。"

乔治有些不自然地走上前来，坐在了他的旁边。"不会的。"

"我知道的。"莱尼激动地说，"你就不是那种人。"

乔治没有作声。

莱尼说："乔治。"

"嗯？"

"我又做了一件坏事。"

"这也不能说明你就不好。"乔治说完又沉默了。

眼下只有最高的峰顶还有阳光照着。河谷里的阴影呈现出蓝色，显得格外柔和。远处传来了人们彼此间的呼喊声。乔治扭过头去谛听。

莱尼说："乔治。"

"嗯？"

"你会对我发火吗？"

"跟你发火？"

"是呀，就像以前那样。比如你说过：'如果没有你，我就能拿着我的五十块钱去……'"

"上帝啊！莱尼，你对发生过的什么事情都不记得，可你就记着我说过的每一句话。"

"哦，是不是你又要说它了呢？"

乔治摇了摇头。他木然地说："如果是我一个人，我可以活得很轻松。"在他单调的语调里，没有重音，"我可以找到一份安稳的工作，也不会有麻烦。"说到这里他停住了。

"继续讲呀。"莱尼说，"到了月底的时候……"

"到了月底的时候，我可以拿上我的五十块钱，去到……一家妓院……"他又停了下来。

莱尼急切地望着他。"讲呀，乔治。你还会再对我发火吗？"

"不会。"乔治说。

"哦，我可以离开你走掉的。"莱尼说，"如果你不想要我，我将径直去到山里，找上一个山洞。"

乔治再一次摇了摇头。"不。"他说，"我想让你跟我一块待在这儿。”

莱尼狡黠地说：“像你以前那样给我讲一讲好吗？”

“讲什么？”

“讲讲别人，再讲讲我们。”

乔治说：“像我们这样的人，连家人也没有。他们挣下一点儿钱，完了就花掉了。他们在世界上连个亲人也没有，没有人会在乎他们……”

“可我们不是这样。”莱尼高兴地说，“现在就来讲讲我们。”

乔治沉默了片刻。“可我们不是这样。”他说。

“因为……”

“因为我有你……”

“我有你。我们彼此拥有，也就是说，我们相互在乎对方。”莱尼兴高采烈地喊道。

傍晚的微风吹过了林中的空地，吹得树叶沙沙地响，碧绿的池面上荡起细碎的波纹。人们的喊叫声再次响起，这一次离他们更近了。

乔治摘下了他的帽子。他声音有些发颤地说：“摘下帽子，莱尼。感觉天气很暖和。”

莱尼很听话地脱掉了帽子，把它放在前面的地上。河谷里的阴影显得更蓝了，夜晚莅临的脚步在加快。一阵风吹送过来人们在树丛中杂乱的脚步声。

莱尼说：“讲一讲咱们的未来。”

乔治一直在谛听着远处的嘈杂声。有一会儿，他变得很务实和冷静。"看着河的对岸，莱尼，这样在我讲给你听时，你的眼睛几乎就能看到它了。"

莱尼转过了头去，瞭望着对岸和加比兰山脉渐渐暗下来的坡地。"我们会有一小块地。"乔治开始说。他把手伸进侧兜里，掏出卡尔森的鲁格手枪；他打开了枪的保险，拿枪的手就搁在莱尼身后的地面上。他看着莱尼的后脑勺，看着脊椎和头骨交会的那个地方。

有个人从河的上游那边喊，另一个人回应着。

"讲呀。"莱尼说。

乔治举起了手枪，他的手在颤抖，于是，他再次把手搁在了地上。

"讲嘛。"莱尼说，"讲讲我们的未来。我们会有一小块地。"

"会有一头牛。"乔治说，"或许，还会有一头猪和小鸡……在那块田野上……我们还有一小片苜蓿地……"

"是为兔子种的。"莱尼大声说。

"为兔子种的。"乔治重复着。

"由我来照看兔子。"

"由你来照看兔子。"

莱尼快乐得咯咯地笑着。"我们靠土地生活。"

"是的。"

莱尼扭过头来。

"不，莱尼。看着河的对岸，好像你几乎看到了我们的那个地方一样。"

莱尼顺从地转过了头去。乔治低头看着手枪。树林里现在响起了杂沓的脚步声。乔治转身看向那边。

“讲啊，乔治。我们什么时候去买那块地？”

“很快就去。”

“我和你。”

“你……和我。每个人都会对你好。再也不会有任何麻烦。没有谁再伤害谁，没有谁再偷别人的东西。”

莱尼说：“我原以为你会对我发火的，乔治。”

“不会。”乔治说，“不会的，莱尼。我不生气。我从未生过你的气。现在也没有。我想让你知道这一点。”

人们的话语声现在离得更近了。乔治举起了手枪，倾听着这声音。

莱尼恳求着：“我们现在走，现在就去买下那块地。”

“好的。就现在。我去，我们这就去。”

乔治拿起了手枪，把枪口紧挨到莱尼的后脑勺上。他拿枪的手在剧烈地颤动，可他脸上的表情坚定，手也渐渐稳了下来。他扣动了扳机。枪声震响了对面的小山，又传来了回声。莱尼的身子抖动了一下，然后慢慢地朝前倒在了沙地上，一动也不动地躺在了那里。

乔治的身子一阵发抖，他看了看手枪，随后把它扔到了对面河边靠近那堆草木灰的地方。树林里的喊声和脚步声临近了。听到斯林姆在喊：“乔治，你在哪里，乔治？”

乔治仍然静静地坐在河岸上，愣愣地看着他刚才扔掉枪的右手。人们此时都穿过林子，来到空地上，柯利跑在最前面。他看见莱尼躺在沙地上。“上帝，他终于就范了。”他走过去，低头看了看莱尼，然后，他转过头来望着乔治。“正打在后脑勺上。”他轻轻地说了一句。

斯林姆径直来到乔治这里，紧挨着他身边坐了下来。“你不要太在意，”斯林姆说，“有的时候，人不得不这么做。”

这时卡尔森站到了乔治面前。“你是怎么打死他的？”他问。

“就这么打死的。”乔治疲惫地说。

“是他拿了我的枪吗？”

“是的。他拿了你的枪。”

“是你从他手里夺过了枪，并且用它打死了他？”

“你说得对，就是这样。”乔治的声音几乎变成了呢喃。他一直看着他刚才举枪的右手。

斯林姆拉了拉乔治的胳膊说：“走吧，乔治。你跟我一块回去，我陪你喝一杯。”

乔治由着斯林姆把自己拽起来。“好，喝一杯。”

斯林姆说：“你现在需要喝点儿，乔治。真的需要喝点儿。跟我一起走吧。”他拉着乔治走到那条小径的路口，从那里上了公路。

柯利和卡尔森从后面望着他们俩。卡尔森说：“你觉得他们两个人现在是怎么啦？”

诺贝尔文学奖授奖词

约翰·斯坦贝克，今年的诺贝尔文学奖获得者，出生在加利福尼亚州的萨利纳斯市，邻近肥沃的萨利纳斯谷地，离太平洋海岸只有几里远。这个地点成为他的许多描写普通人日常生活的作品背景。他是在中等的生活环境中长大的，但他仍与这个多种经营地区里的工人家庭处于平等地位。在斯坦福大学念书时，他必须经常去农场做工挣钱。他没有毕业就离开了斯坦福大学，于1925年前往纽约当一名自由作家。经历了几年痛苦的奋斗，他返回加利福尼亚，在海边一幢孤独的小屋里安了家。在那里，他继续写作。

在1935年以前，他已经写了几本书，但他是以这年的《煎饼坪》一炮打响而出名的。他向读者提供了一群珀萨诺斯人（西班牙人、印第安人和白人的混血儿）的有趣好笑的故事。他们是些游离社会的人，在狂欢宴乐时，简直是亚瑟王圆桌骑士的漫画化。据说，美国当时弥漫着阴郁的沮丧情绪，这部作品成了一帖受人欢迎的解毒剂。这回轮到斯坦贝克笑了。

但他无意成为一个不得罪人的安慰者和逗乐者。他选择的主题是严肃的和揭露性的，例如他在长篇小说《胜负未决》（1936）中刻画加利福尼亚果树和棉花种植园里艰苦的罢工斗争。在这些年中，他的文学风格的力量稳步增长。《人鼠之间》(1937）是一部中篇杰作，讲述莱尼的故事：这位力大无比的低能儿，完全是出于柔情，却掐死一切落入他手中的生物。接着是那些无与伦比的短篇小说，汇集在《长谷》(1938）中。这一切为他的伟大作品《愤怒的葡萄》(1939）铺平了道路。这是一部史诗式的叙事作品，斯坦贝克的名声主要与它相连。这部作品讲述一群人由于失业和当局滥用权力，被迫从俄克拉荷马向加利福尼亚迁徙。美国社会史上这段悲剧性插曲激发了斯坦贝克的灵感，他生动地描写了一个农民及其家庭为了寻找一个新家所经历的漫长而伤心的流浪生活。

在这篇简短的授奖词里，不可能充分介绍斯坦贝克此后的每部作品。如果批评家时不时地似乎注意到某些力量减弱的迹象，某些可能表明生命力衰退的重复的迹象，斯坦贝克以去年出版的长篇小说《烦恼的冬天》(1961)，彻底打消了他们的疑虑。在这部作品中，他达到了《愤怒的葡萄》树立的同样标准。他再次坚持他作为一个独立的真理阐释者的立场，以一种不偏不倚的直觉，面对真正的美国，无论是好是坏。

在这部新近的小说中，主人公是一位生活每况愈下的家庭主人。他从战场退役后，事事遭逢挫折，最后在他先辈的新英格兰镇上当了一名杂货店店员。他为人诚实，从不无故抱怨。他不断受到那些发财致富手段的诱惑。然而，这些手段既要求精明头脑，又要求冷酷心肠，他无法将这些东西汇集一身而不丧失他的完整人格。他的敏感的良心像一面闪烁的多棱镜，生动地呈现出与国计民生息息相关的全部问题。这部作品没有为此进行任何理论推断，而是运用具体的，甚至是琐屑的日常生活场面。尽管如此，这些描写令人信服，具有斯坦贝克生动活泼的现实主义笔触的全部魅力。即使他注重事实，仍然有一种围绕生和死这个永恒主题进行幻想和思索的和声。

斯坦贝克最近的一部作品记叙他三个月里漫游美国四十个州的经历（《查利偕游记》，1962）。他驾驶一辆小卡车旅行，车上配有一间小房子，他在里面睡觉和存放生活必需品。他微服而行，唯一的伙伴是一条黑毛狮子狗。我们在这里看到他是一位富有经验的观察家和说理者。他令人钦佩地对地方风貌作了系列考察，重新发现他的国家和人民。这部作品采用灵活自由的笔法，也是一部有力的社会批评著作。这位驾驶“驽骍难得”（他给他的卡车起的名字）的旅行家略微显示出颂古非今的倾向，虽然十分明显，但是他警惕堕入魔道。当他看到推土机铲平西雅图葱翠的森林，以便疯狂地扩建住宅区和摩天楼时，他说道：“我感到惊讶，为什么进步常常看似毁灭。”无论如何，这是一种最切合时势的思考，在美国之外也完全适用。

在已经获得这个奖项的现代美国文学大师中——从辛克莱·路易斯到欧内斯特·海明威——斯坦贝克更加坚守自己的立场，在地位和成就上独立不羁。他具有一种冷峻的幽默气质，这在一定程度上补救了他的经常是残酷和粗野的主题。他的同情心始终赋予被压迫者，赋予不合时宜者和不幸者。他喜欢将纯朴的生活欢乐与残忍的、玩世不恭的金钱欲相对照。但是，我们也从他身上，从他对自然，对耕地、荒地、山岭和海岸的炽烈感情中，发现美国人的性格。人类世界里里外外的这一切是斯坦贝克取之不竭的灵感源泉。

瑞典学院授予约翰·斯坦贝克这份奖项，以表彰他“通过现实主义的富于想象的创作，表现出富于同情的幽默和对社会的敏锐的观察”。

亲爱的斯坦贝克先生，你对于瑞典公众，一如你对于你本国和全世界的公众，不是陌生人。你以你最杰出的作品，已经成为友善和博爱的导师、人类价值的卫士。这完全符合诺贝尔奖的本意。为表达瑞典学院的祝贺，我现在请你从国王陛下手中接受今年的诺贝尔文学奖。

（黄宝生　译）

约翰·斯坦贝克
受奖演说

感谢瑞典学院发现我的工作配受这份最高荣誉。

我内心或许怀疑我比我敬重的其他文学家更配接受诺贝尔奖，但无疑我为我本人获得它而感到高兴和骄傲。

按照惯例，这份奖项的获得者应该就文学的性质和方向发表个人的或学者式的评论。然而，在这个特殊时刻，我认为最好还是考虑一下作家的崇高义务和责任。

诺贝尔奖和我站立的这个地方深孚众望，迫使我不像一只谢恩致歉的小耗子那样叽叽吱吱，而是满怀对我的职业和历代从事这项职业的优秀匠师的骄傲感，像一头狮子那样发出吼声。

那些苍白无力而冷峻苛刻的教士在空虚的教堂里诵唱连祷文，文学不由他们传播。文学也不是供那些隐居修道院的上帝选民，那些缺乏热量、绝望无聊的托钵僧消遣的游戏。

文学像言语一样古老。它产生于人类对它的需要。除了变得更加需要，它别无变化。

诵唱诗人、吟游诗人和作家并不互相隔绝和排斥。从一开始，他们的功能，他们的义务，他们的责任，都已由我们人类作出规定。

人类一直在通过一个灰暗、荒凉的混乱时代。我的伟大的先驱威廉·福克纳在这里讲话时，称它为普遍恐惧的悲剧：它如此持久，以致不再存在精神的问题，唯独自我搏斗的人心才似乎值得一写。

福克纳比大多数人更了解人的力量和人的弱点。他知道，认识和解决这种恐惧是作家存在的主要理由。

这不是新发明。古代的作家使命没有改变。作家有责任揭露我们许多沉痛的错误和失败，把我们阴暗凶险的梦打捞出来，暴露在光天化日之下，以利于改善。

而且，作家受委托宣示和称颂人类既有的心灵和精神的伟大能力，面对失败不气馁的能力，勇敢、怜悯和爱的能力。在与软弱和绝望进行的漫长战争中，这些是希望和竞争的光辉旗帜。

我认为，一个作家如不满怀激情，相信人有可能达到完美，那他既无献身文学的精神，也无列入文学队伍的资格。

我们处在认识和操纵物质世界某些危险因素的长河中，目前的普遍恐惧产生于这一长河的先头浪潮。

确实，其他层次的理解力尚未追上这一伟大步伐，但没有理由猜测它们不能或不会迎头赶上。事实上，对此作出肯定的回答，正是作家的责任。

人类经历了漫长的光荣历史，坚定地抵御自然的敌人，有时几乎面对不可逆转的失败和灭绝。在我们有可能取得最伟大胜利的前夕，如果放弃阵地，那是怯懦和愚蠢的行为。

可以理解，我一直在读阿尔弗雷德·诺贝尔的传记，书上说他是个孤寂的、富有思想的人。他成功地释放了炸药的能量。这些能量可以造福，可以作恶，但它们不会选择，不受良心或判断力支配。

诺贝尔看到他的发明被人滥用，造成残酷、血腥的后果。他甚至可能预见到他的研究的最终结果通向极端的暴力，通向彻底的毁灭。有些人说他变得玩世不恭，但我不相信。我认为他竭力想发明一种控制物，一种安全阀。我认为他最终在人的头脑和人的精神中找到了它。在我看来，他的想法清晰地展示在这些奖项的类目中。

它们用于不断拓展对人类及其世界的认识，用于理解和交流，而这正是文学的功能。它们还用于展示高于其他一切的和平的能力。

在他死后不足半个世纪中，自然之门已被打开，选择的重负可怕地落到我们肩上。

我们已经夺取了许多曾经归于上帝的权力。

满怀恐惧，毫无准备，我们已经僭取了全世界所有生物的生杀大权。

危险、光荣和选择最终取决于人。人是否能达到完美，考验就在眼前。

已经取得上帝般的权力，我们只能从自身中寻找以往向神祈求的责任和智慧。

人本身成了我们最大的危险和唯一的希望。

因此，在今天，使徒圣约翰的话完全可以译成这样：最终是言词，言词是人，言词与人同在。

（黄宝生　译）

生平年表

1902 年	出生于加利福尼亚州的萨利纳斯市。父亲约翰·恩斯特·斯坦贝克内战后迁居西部，经营面粉厂，并担任蒙持里县政府会计多年；母亲奥莉维·汉密尔顿是小学教师。小斯坦贝克童年读书很多。
1919 年	高中毕业，在校时担任班长，假期常去附近牧场当雇工。
1920—1925 年	就读于斯坦福大学，但常中断，或去牧场当雇工，或当筑路工人，或在甜菜厂当化学师，同时学习写作。
1925 年	离开斯坦福大学，未得学位。去纽约，想当作家。做过工人和记者，作品未获发表。
1926—1929 年	回加州，做各种非技术工，一度在塔和湖畔狩猎场当看守，因失职被解雇。继续写作。
1929 年	出版第一部长篇小说《金杯》，内容为一名海盗怎样成为总督，小说副标题为“海盗亨利·摩根爵士的生平故事”。
1930 年	结婚，迁居“太平洋林地”，结识海洋生物学家艾达·里克兹，后成为毕生好友。

1932 年 出版长篇小说《天堂牧场》，该书以插曲形式描写加州几家农民的故事。

迁居洛杉矶。

1933 年 出版长篇小说《献给一位未知的神》，描写一个家族西迁加州拓荒的故事。

《北美人》发表《小红马》的前两部分。

迁回蒙特里。

1934 年 短篇小说《谋害》获欧·亨利奖。

1935 年 出版中篇小说《煎饼坪》，小说描写一群流浪汉的生活和友谊。该书获加利福尼亚州俱乐部年度金牌奖。从这本书起，斯坦贝克的作品为评论界所注意。

1936 年 出版长篇小说《胜负未决》，小说描写果园的罢工斗争，获加利福尼亚州 1936 年最佳小说奖。调查萨利纳斯与倍克斯菲尔德地区流浪雇工的生活状况并发表报道。去墨西哥旅行。

1937 年 发表中篇小说《人鼠之间》，内容是流浪的农田季节工人生活理想的幻灭。该书马上畅销，为“每月读书会俱乐部”选中；改编成剧本后在纽约上演，深受欢迎，获“纽约戏剧评论社”季度奖。

经纽约赴英国、瑞典和苏联旅行。回国后加入俄克拉荷马农田季节工人西迁的队伍，直到加利福尼亚。

《哈珀氏》发表《小红马》的第三部分。

1938 年 出版短篇小说集《长谷》，收入十三篇。

1939 年 出版《愤怒的葡萄》，该书以美国经济大恐慌时期为背景，描写中西部各州农民破产、逃荒和斗争。发表后引起轰动，促使政府对农田季节工人生活状况进行调查。

当选为全国艺术与文学院会员。

1940 年 《愤怒的葡萄》获普利策奖、“美国畅销书协会奖”和“今日社会服务工作奖”。

与里克兹在加州海湾作水域探险。

去墨西哥为电影《被遗忘的村庄》撰写解说词。

1941 年 出版与里克兹合写的专著《柯特兹海》。

1942 年 离婚。

出版为空军撰写的著作《投弹》。

出版中篇小说《月亮下去了》，引起争论。改编为剧本在纽约上演后，继续引起争论。《月亮下去了》被译为多种欧洲文字。

1943 年 再婚，迁居纽约。

任纽约《先驱论坛报》驻欧记者，在英国、北非、意大利等地撰写有关第二次世界大战的通讯报道。

《月亮下去了》拍摄成电影。

1945 年 出版中篇小说《罐头厂街》，写小镇生活，回复到《煎饼坪》的喜剧风格。

再版《小红马》，增第四部分。

1946 年 《月亮下去了》获挪威国王哈肯颁赠的“自由十字

勋章”。

1947 年 出版取材于墨西哥民间传说的中篇小说《珍珠》。初稿原名《世界的珍珠》，刊登于《妇女家庭良友》杂志（1945 年第 12 期）。成书后拍摄成电影。

出版中篇小说《不称心的客车》，写一个任性的司机和各类旅客的表现。

与摄影家罗伯特·卡巴访问苏联。

1948 年 入选美国文学研究院。

与卡巴合写的《旅俄日记》出版。

又离婚。艾达·里克兹死于车祸。

1949 年 《小红马》改编为电影上映。

1950 年 出版中篇小说《烈焰》。

与爱琳·司各脱结婚。

1952 年 出版长篇小说《伊甸之东》，写两个家族西迁加州后的变化发展。

1953 年 去欧洲为《柯里尔》等杂志撰写各种题材的散文。

自选并出版《约翰·斯坦贝克中篇小说》，收入《煎饼坪》《小红马》《人鼠之间》《月亮下去了》《罐头厂街》《珍珠》等六篇。

1954 年 出版中篇小说《甜蜜的星期四》，小说为《罐头厂街》的续编，反映西部小镇的喜剧性生活。后改编为轻歌剧上演。

1957 年 出版长篇小说《丕平四世的短命王朝》，副题为“虚构捏造之作”，是以法国为背景的滑稽故事。

1958 年　出版战地通讯集《过去有一场战争》。

1961 年　出版最后一部长篇小说《烦恼的冬天》。小说系严肃文学作品，以美国东部新英格兰地区为背景，反映战后美国中产阶级精神生活的衰蜕。

1962 年　出版环游美国的旅行札记《查利偕游记》，考察战后美国各地区的生活。

12 月获诺贝尔文学奖，以表彰他“通过现实主义的、富于想象的创作，表现出富于同情的幽默和对社会的敏锐的观察”。

1964 年　获“自由新闻勋章”与“合众国自由勋章”。

1965 年　为《每日新闻》撰写专栏，包括越战报道。

1968 年　病逝，葬于萨利纳斯。

（董衡巽　辑）